Hans Jellouschek · Mit dem Beruf verheiratet

Hans Jellouschek

# Mit dem Beruf verheiratet

## Von der Kunst, ein erfolgreicher Mann, Familienvater und Liebhaber zu sein

Kreuz

# Inhalt

# Einführung

In den letzten fünfzehn Jahren habe ich in zahlreichen Seminaren, Workshops und Coaching-Prozessen (Einzelberatungen) mit mehreren hundert Führungskräften aus Betrieben unterschiedlichster Branchen gearbeitet. Dabei sind mir zwar immer wieder Männer begegnet, die es verstanden haben, ihre beruflichen und ihre privaten Lebensrollen auf eine überzeugende Weise miteinander in Einklang zu bringen – Leistung und Liebe waren für sie keine unüberwindlichen Gegensätze, sondern fruchtbare und inspirierende Polaritäten. Ich habe aber auch sehr viele Männer – ja, ich muß sagen einen erschreckend hohen Prozentsatz – kennengelernt, denen diese Integration kaum oder gar nicht zu gelingen schien. Oft waren sie fachlich hoch qualifiziert und beruflich sehr erfolgreich, aber hinter dieser imponierenden Fassade verbargen sich häufig persönliches Unglück und massive Probleme in den privaten Beziehungen – mit ihren Ehefrauen, ihren Kindern und anderen Menschen, die ihnen hätten nahestehen können.

Immer wenn ich mit solchen Männern arbeite, erinnern sie mich an die Gestalt des Helden aus unseren Mythen, Märchen und Sagen. Der Held war seit jeher Archetyp und Leitbild des Mannes. Heute scheint er allerdings seine Vorbildfunktion eingebüßt zu haben, ja, er wird von den meisten als positive Leitfigur rundweg abgelehnt. Das hat zweifellos mit unserer kriegerischen und speziell mit unserer nationalsozialistischen Vergangenheit zu tun, in der die Heldenbegeisterung in schlimmer Weise mißbraucht und ausgenützt wurde. Dennoch entfaltet der Archetyp des Helden – meist im Geheimen und uneingestanden – auch heute noch seine starke Wirkung. Die Männer – jedenfalls jene, die dem industriellen Milieu angehören – vollziehen oft bis in Einzelheiten den »Weg des Helden« nach, wie er in den alten Geschichten dargestellt wird, und weil dies unbewußt geschieht, tun sie es oft – so habe ich den Eindruck – auf eine sehr einseitige und destruktive Weise.

Dabei unterscheiden sich heutige »Helden« äußerlich natürlich sehr stark von ihren geheimen Vorbildern. Sie reiten nicht mehr auf gepanzerten Schlachtrössern in den Kampf.

Man findet sie vielmehr in der ersten Klasse des ICE oder in der Frühmaschine einer der internationalen Fluggesellschaften. Sie tragen auch keine Rüstungen mehr, nicht einmal Uniformen, und doch wirken sie in ihrer Business-Einheitskleidung wie uniformierte Soldaten, deren Individualität hinter dem Dienst an irgendeiner Sache verschwindet. Statt mit Schwert, Schild und Speer sind sie mit Labtop, Handy und Leitzordnern ausgerüstet, die sie im Aktenkoffer verstaut haben, und so bewaffnet ziehen sie mit hoffnungsfrohen oder ängstlichen Mienen in den täglichen Kampf um Abschlüsse, Aufträge und sonstige günstige Verhandlungsergebnisse. Auch diese ihre Schlachten sind meist hart und grausam, und häufig hängt vieles, nicht selten sogar die berufliche Existenz an ihrem Ausgang. So kehrt der moderne Held abends meist müde und abgekämpft nach Hause zurück – aber hier wartet nicht wie in den Mythen und Märchen ein happy end auf ihn. Denn hier wird er von der Liebsten nicht (mehr) mit Sehnsucht erwartet, für seine Taten bewundert und für seine Triumphe gefeiert, sondern sein Erscheinen wird – wenn überhaupt – mit enttäuschten und resignierten Mienen registriert: Weil es schon wieder so spät ist und er schon wieder so ausgelaugt heimkommt, weil alles untertags wieder ohne sein Zutun erledigt werden mußte, weil ohnehin nichts mehr von ihm zu erwarten ist...

Der moderne Held kämpft genauso hart und kompromißlos um den Erfolg wie sein mythischer Vorgänger. Aber in einem unterscheidet er sich fundamental von ihm: Seine Kämpfe und Siege führen nicht dazu, daß er die Frau seines Lebens für sich gewinnt, vielmehr enden sie oft damit, daß er sie gerade verliert. Einsatz und Erfolg im Beruf werden von vielen Männern heute mit bitteren Niederlagen in der Liebe bezahlt. Die privaten Beziehungen gehen häufig am beruflichen Engagement zugrunde.

Das hat natürlich gesellschaftliche Hintergründe. Es resultiert aus historischen Entwicklungen, die schon oft reflektiert und analysiert worden sind.[1] Sie bilden den Verstehenshintergrund für die psychologische Fragestellung, die mich in diesem Zusammenhang vor allem interessiert: Woran liegt es, daß die heutigen »Helden« in der Liebe so oft und immer öfter die Verlierer sind? Machen sie etwas falsch, und was ist es, das sie falsch machen? Aus welchen Lebenszusammenhängen ergeben sich die Probleme, und was sind die lebensgeschichtlichen Hintergründe des Scheiterns? Vor allem aber geht es mir um die Frage: Welche Wege führen aus den Niederlagen heraus oder womöglich erst gar nicht in sie hinein?

Mein spezieller Erfahrungshintergrund bringt es mit sich, daß ich im folgenden vor allem Männer aus dem technischen und industriellen Milieu unserer Gesellschaft im Blick habe. Meine vielfältigen Begegnungen mit ihnen in den vergangenen Jahren haben sich bei mir zu einer Gestalt verdichtet, zu einem typischen Vertreter dieser »Gattung Mann«. Ihn lasse ich am Anfang in einem Brief zu Wort kommen, in dem alle Themen anklingen, die den folgenden Kapiteln die Überschriften geben.

Was »Richard« da von sich schreibt, scheint mir allerdings nicht nur für das technisch-industrielle Milieu repräsentativ zu sein. Es spiegelt das Dilemma zwischen »Liebe und Leistung« wider, wie es von sehr vielen Männern unserer heutigen Gesellschaft erlebt wird, auch wenn sie ganz andere Berufe haben und anderen Milieus angehören. Darum soll dieser Brief den Leser auf das folgende einstimmen.

# Brief eines Mannes an seinen Freund

*Günther, mein lieber Freund!*

*Verzeih mir diese überschwengliche Anrede. Normalerweise drücke ich mich nüchterner aus. Aber es hat mich heute Abend tief berührt, als wir uns trafen, und es war, als hätten wir uns gestern zum letzten Mal gesehen. Und das nach so langer Zeit! Da habe ich gemerkt, wie nahe wir beide uns gestanden waren, so nahe, daß nicht einmal die dreißig Jahre seit unserem Abitur einen spürbaren Abstand zwischen uns entstehen ließen. Ich konnte danach keinen Schlaf finden, und so bin ich an den Schreibtisch gegangen und habe diesen Brief angefangen. Was mich nicht schlafen läßt? Es ist die Frage, die Du mir ziemlich unvermittelt nach dem Essen gestellt hast: »Sag mal, Richard, wie geht es dir eigentlich? Bist du glücklich mit deinem Leben?« – Ich habe mich mit ein paar Floskeln aus der Affäre gezogen, Du hast es sicher gemerkt. Aber diese Frage ist es, die mich nicht schlafen läßt. Sie sitzt mir wie ein Stachel im Fleisch. Wenn ich ehrlich gewesen wäre, hätte ich darauf antworten müssen: »Nein, ich bin nicht glücklich. Ich bin sogar sehr unglücklich!« Ich erschrecke, wenn ich mich so unverblümt ausdrücke. Aber es ist so: In Wahrheit bin ich sehr unglücklich. Dabei habe ich eigentlich keinen Grund zu klagen. Im Gegenteil: Ich bin einer, der es weit gebracht hat. Meine alte Mutter zeigt mir jedesmal, wie stolz sie auf mich ist, wenn ich sie besuche. Ich bin Leiter einer Forschungsabteilung in einem internationalen Konzern, meine Ehe hat nun schon über zwanzig Jahre gehalten, und wir haben zwei Kinder, von denen vor allem Monika, die Ältere, sehr gut geraten ist. Elke hat, seit die Kinder groß sind, den Einstieg in ihren Beruf als Apothekerin geschafft und ist darin erfolgreich. Wir sind wohlhabend, besitzen ein fast abgezahltes, schönes Haus und können uns jedes Jahr zwei Urlaube leisten. Was will man mehr?*

*Freilich ist das die Außenansicht. Und diese habe ich bis-*

*her etwaigen Einwänden – denen von Elke und meinen eigenen – immer entgegengehalten. Aber als ich gestern Deine Zuneigung und Dein Wohlwollen so deutlich gespürt habe, wurde mir klar, daß ich mich damit nur selber beruhigen wollte. Darum will ich jetzt niederschreiben, wie es wirklich ist. Ich brauche Dich dazu als Gegenüber, sonst habe ich den Mut dazu nicht. Es gehört ja nicht gerade zu meinen Gepflogenheiten, mich auszusprechen, auch mit Elke nicht. Und da sind wir schon beim Kern der Sache. Unsere Beziehung ist nämlich alles andere als gut. Nicht, daß wir täglich streiten würden. Das hat es mal gegeben. Aber seit einiger Zeit ist es still geworden. Grabesstille könnte man sagen. Gerade über Alltäglichkeiten tauschen wir uns noch aus und über die Familienorganisation, soweit eine solche überhaupt noch nötig ist. Auch das Theater-Abonnement und gemeinsame »offizielle« Veranstaltungen gibt es noch, aber persönlich sind wir dabei oft kilometerweit voneinander entfernt. Geschlafen haben wir zum letzten Mal vor einem halben Jahr miteinander – und das war eher ein Versehen, möchte ich mal sagen. Seit kurzem ist Elke sogar aus dem gemeinsamen Schlafzimmer ausgezogen. Ich bin in der Familie ein Einsamer geworden. Mit meinem Sohn Michael hatte ich ja schon immer meine Probleme, und Monika studiert auswärts und hat jetzt einen festen Freund. Seither ist sie distanzierter geworden, und die entschuldigenden oder mitleidigen Blicke, die sie mir manchmal zuwirft, machen mich nur ärgerlich.*

*Ja, ich bin ein Einsamer geworden. Darum tut es mir so gut, Dich, Günther, jetzt wenigstens als fiktives Gegenüber zu haben, dem ich mein Herz ausschütte. (Wirf den Brief, sollte ich ihn Dir schicken, einfach weg, wenn er Dich nervt!) Wieso ich so einsam geworden bin, weiß ich nicht so genau. Es war ja bei Gott nicht von Anfang an so. Du hast es damals auf der Abschiedsparty für unseren Studienkollegen – sein Name ist mir entfallen – mitbekommen, wie es bei mir eingeschlagen hatte. Ja, wir waren wirklich sehr verliebt ineinander. Bis dahin war ich im Grunde immer noch der verschüchterte Flüchtlingsjunge, der sich abrackerte, um seine Eltern das Vertriebenen-Schicksal mit guten Leistungen vergessen zu lassen. Mein Vater war schwer angeschlagen und als harter, verschlossener Mann aus dem Krieg zurückge-*

*kommen, die Mutter neigte zu Depressionen, und so mußte ich mich ganz besonders anstrengen, vor allem seit sich mein jüngerer Bruder immer mehr als Versager entpuppte. Dagegen Elke, dieses muntere Mädchen, und ihre bodenständige Familie: Das war für mich eine andere Welt, eine Welt voller Helligkeit und Lebensfreude, ein Ort, wo ich mich endlich niederlassen und verschnaufen konnte. Es war, als würde jetzt erst das wahre Leben für mich beginnen. Ich hatte bisher nur Schweres und Dunkles, Druck und Forderung gekannt. Das wollte ich weit hinter mir lassen, und in Elke sah ich die Garantie dafür, daß dies möglich wäre. Obwohl ich ihr noch gar nichts »bieten« konnte, heirateten wir sehr schnell und bekamen bald danach Monika, unser erstes Kind.*

*Wir hätten uns mehr Zeit lassen sollen, vor allem mit dem Kind. Denn jetzt kam alles zusammen: Ich hatte gerade meine erste Stelle angetreten, Elke wollte »noch schnell« eine wichtige Prüfung machen, um wenigstens einen Studienabschnitt unter Dach und Fach zu bringen. Mit meinen Eltern gab es wegen der Heirat Konflikte – und dann hatten wir da plötzlich noch einen kleinen Schreihals zu versorgen, der unsere Zweisamkeit störte. Da haben wir uns wohl arg übernommen, und Elke hat sich von mir sehr alleingelassen gefühlt. Aber was sollte ich machen? Meine Arbeit forderte mich total. Es war der typische Praxisschock nach der viel zu theoretischen Ausbildung. Sie war böse auf mich, weil ich sie so allein ließ, und ich war böse auf sie, daß sie nicht mehr Verständnis für meine Situation hatte, wobei ich zugeben muß, daß sie mich auch kaum verstehen konnte, denn ich sprach nicht darüber. Teils war ich zu stolz und wollte alles allein schaffen, teils wollte ich sie nicht noch zusätzlich belasten, wenn ich sah, wie schwer sie sich als junge Mutter tat. Das brachte mir allerdings nur den Vorwurf ein, ich würde nichts von mir geben und mich ins Schneckenhaus verkriechen. Es war ein Teufelskreis.*

*Ich wollte und konnte nicht sprechen, aber ich wollte ihre Liebe haben, wollte gewärmt und wieder aufgebaut werden. Darum verlangte ich immer wieder Sexualität von ihr, worauf sie sich am Anfang gerne einließ, aber seit Monika auf der Welt war, wurde sie immer zurückhaltender. Dafür hatte ich auch eine Zeitlang Verständnis. Aber Monika war schon lange abgestillt und schlief durch – und Elke wollte immer noch viel seltener als ich. Viel lieber wollte sie mit mir reden. Aber ich konnte von all dem Kinderzeug nichts mehr hören, wollte nur abschalten und in die Welt unserer früheren Liebe eintauchen. Das führte immer häufiger zu Konflikten. Wir stritten zwar über ganz andere Themen, aber eigentlich ging es immer darum: Ich fühlte mich von ihr abgewiesen und war sauer.*

*Das wird ein langer Brief, lieber Günther. Ich glaube, ich werde Dich damit nicht behelligen und ihn im Schreibtisch verschwinden lassen, wenn er fertig ist. Aber es ist gut, das alles wenigstens einmal zu formulieren. Elke brachte in dieser Zeit ihr Studium der Pharmazie trotz der Doppel- und Dreifachbelastung recht ordentlich zum Abschluß. Aber sie wollte zunächst nicht in den Beruf, sie wünschte sich ein zweites Kind. Ich fürchtete zwar, daß das unsere Probleme nur vergrößern würde, war aber einverstanden, weil ich eine »richtige Familie« wollte, und es auch gerne sah, daß Elke zu Hause blieb.*

*Meine berufliche Laufbahn ging in dieser Zeit viel steiler aufwärts, als ich es je zu hoffen gewagt hatte. In den Augen meiner Kollegen war ich ein Senkrechtstarter, ganz entgegen dem Gefühl, das ich selber von mir hatte. Mich kostete alles schreckliche Mühe, nichts ging mir selbstverständlich von der Hand. Aber ich arbeitete wie ein Berserker, und der Erfolg blieb nicht aus. So war ich bald der jüngste Abteilungsleiter der Firma. Dadurch kamen wir auch wirtschaftlich in die Lage, ein zweites Kind haben zu können. Allerdings setzte ich mir zur gleichen Zeit auch noch in den Kopf, ein eigenes Haus haben zu müssen. Elke war dagegen, sie wollte eins nach dem anderen. Aber damals waren die Zinsen gerade so günstig, und man bot uns in Elkes Heimatort ein Grundstück an, das auszuschlagen wirklich unvernünftig gewesen wäre. Ich griff zu – und nun kam wieder alles auf einmal. Ich bekam nämlich auch noch einen neuen Chef, mit dem ich nur kämpfte, Elke wurde schwanger, und der Hausbau forderte alle meine Kräfte.*

*Damals habe ich etwas »verbrochen«, das Elke mir noch heute vorhält, und das kein Argument meinerseits aus der Welt zu schaffen vermag. Sie hatte sich gewünscht, daß ich bei der Geburt dabei sein sollte. Die Hebamme sagte, es könnte noch sehr lange dauern, und so fuhr ich zum Architekten, um eine dringende Bauangelegenheit zu klären. Aber Michael wartete nicht und kam ohne mich. Das war eine große Enttäuschung für Elke, und sie überschattete die Freude über unseren kleinen Sohn. Manchmal habe ich die dunkle Ahnung, daß es daran liegt, daß ich zu dem Jungen nie ein rechtes Verhältnis bekam. Ich fühlte mich immer ausgeschlossen. Michael und seine Mutter: Das war ein Herz und eine Seele, da hatte ich keinerlei Chance, weder bei ihm, noch bei ihr.*

*In unserer Familie entwickelte sich so etwas wie ein Zwei-Parteien-System: Michael und Elke auf der einen, Monika und ich auf der anderen Seite. Monika war für mich wirklich der Sonnenschein. Wenn ich mich daran erinnere, wie sie sich an mich schmiegte und mich anstrahlte, wenn ich – wie oft in dieser Zeit – frustriert von der Arbeit kam, dann steigen mir heute noch die Tränen der Rührung in die Augen, obwohl ich sonst schon jahrelang nicht mehr geweint habe.*

*Durch unseren neuen Wohnort verlängerten sich meine Fahrzeiten. Ich war noch weniger zu Hause als früher. Der Kampf mit meinem neuen Chef wurde zum offenen Krieg. Diesen gewann ich zwar, der Chef mußte gehen, aber das kostete mich sehr viel Kraft, die zu Hause natürlich fehlte. Allerdings gab Elke mir schon gar nicht mehr das Gefühl, daß sie mich gebraucht hätte. Sie richtete sich ein. Sie verbrachte mit den Kindern viel Zeit bei ihren Eltern, tat sich mit jungen Familienmüttern zusammen und verschonte mich mehr und mehr. Eines Tages sagte sie, sie hätte sich jetzt entschlossen, auch allein klarzukommen. Das erschreckte mich zuerst. Es klang wie die Aufkündigung der Beziehung. Aber es wirkte sich gar nicht so schlecht aus. Elke klagte nicht mehr und zerrte nicht mehr an mir. Ich fühlte mich freier und konnte wieder freundlicher sein. Wir unternahmen wieder mehr miteinander, sogar im Bett lief wieder etwas. Damals hätten wir, das meine ich noch heute, eine große Chance gehabt. Doch die Sache hatte einen Haken.*

*Unter diesen Frauen, mit denen sie häufig verkehrte – ich könnte sie, ehrlich gesagt, noch heute auf den Mond schießen, alle zusammen! – , begannen psychologische Bücher zu kur-*

*sieren. Sie diskutierten stundenlang über Beziehungsfragen, und Elkes »Problembewußtsein« – wie sie sich ausdrückte – wuchs und wuchs. Fast immer, wenn ich damals nach Hause kam, hing sie am Telefon, und dann wußte ich, daß sie für die nächste Stunde abgemeldet war. Ich fühlte mich mißachtet und kam mir immer unwichtiger vor. Wenn wir miteinander ins Gespräch kamen, verwickelte sie mich immer häufiger in psychologische Diskussionen. Sie sprach von »Leidensdruck«, »asymmetrischer Rollenverteilung«, »patriarchalen Beziehungsmustern« und was es an Begriffen dergleichen noch mehr gibt. Das war eine Sprache, die mir völlig fremd war, in der ich mich nicht ausdrücken konnte und wollte, die sie aber von mir zu fordern schien. Ich hätte ihre Bücher lesen sollen, aber dafür fehlte mir die Zeit – und, ehrlich gesagt, auch die Lust. Also begann ich, abzuschalten, mich zurückzuziehen, oder sie – wenn sie keine Ruhe gab – mit naturwissenschaftlichen Argumenten mundtot zu machen und mich über ihre »Halbbildung« zu mokieren. Das verletzte sie natürlich von neuem, aber ich wußte mir nicht anders zu helfen.*

*Als Michaels Schulleistungen in den Keller gingen, war der Schuldige dafür bald ausgemacht: Der war natürlich ich. Weil ich nicht da war, weil ich kein Verständnis für den Jungen hatte, weil mein Modell eines erfolgreichen Mannes für ihn abstoßend sein mußte und so weiter. Damit waren die positiven Ansätze vollends beim Teufel. Es kränkte mich tief, daß Elke und Michael zusammen mit der Erziehungsberaterin, für die ich offensichtlich auch der Buhmann war, durchsetzten, daß der Junge vom Gymnasium abging und eine Lehre begann. Im nachhinein, muß ich sagen, war das gar nicht so schlecht, denn seither ist Michael wie befreit, seine Leistungen werden von Monat zu Monat besser, und er denkt nun von sich aus daran, das Fachabitur anzusteuern. Aber meine Position wurde dadurch keineswegs besser, im Gegenteil. Im Zusammenhang mit den heftigen Streitereien um Michael ist Elke aus dem gemeinsamen Schlafzimmer ausgezogen, und seither herrscht Funkstille. Dabei wäre äußerlich gesehen jetzt alles wieder so, daß es nur eines neuen Anlaufs bedürfte, dann müßte es eigentlich wieder gehen. Denn aktuelle Probleme, über die wir uns in die Haare gera-*

*ten könnten, gibt es so gut wie keine mehr. Ich möchte eigentlich auch wieder Frieden schließen, möchte wieder Kontakt zu ihr, aber ich habe nicht mehr die Kraft, auf sie zuzugehen.*

*Die Arbeit ist mein sicheres Terrain, auf das ich mich zurückziehe. Da weiß ich Bescheid, da bin ich wer, und da gibt es außerdem Menschen, von denen ich Wärme und Achtung bekomme, meine Sekretärin zum Beispiel und ein paar Kollegen. Freilich, seit ich niemandem mehr beweisen muß, daß ich etwas kann, hat mein Eifer merklich nachgelassen. Der Druck ist weg, das ist angenehm, aber jetzt stellt sich auch heraus, daß hauptsächlich er es gewesen ist, der mich antrieb. Mit meinem Herzblut war ich nie dabei. Es ging mir nämlich nie um die Sache, es ging mir eigentlich immer nur darum, mich zu beweisen. Manchmal kommt mir sogar der Verdacht, daß meine eigentliche Begabung ganz woanders gelegen hätte, aber mir die Zeit zu nehmen, darüber nachzudenken, auf die Idee bin ich bisher noch nie gekommen.*

*Es gibt noch etwas sehr Peinliches, das ich bisher nicht erwähnt habe. Wahrscheinlich werde ich es, sollte ich den Brief doch abschicken, vorher wieder löschen. Aber es gehört dazu, darum schreibe ich das auch noch hin. Seit einiger Zeit merke ich, daß meine Manneskraft nachläßt. Es können Wochen vergehen, ohne daß mir auch nur der Gedanke an Sexualität kommt, und wenn, dann ist es eher die Beunruhigung darüber, daß sich nichts mehr rührt, als das Verlangen danach. Elke ist immer noch eine attraktive Frau. Dennoch drängt mich nichts mehr zu ihr ins Bett. Neulich, nach einer Party, als wir beide zu viel getrunken hatten, kam sie auf mich zu und wollte mit mir schlafen. Da konnte ich einfach nicht, ich habe schlicht versagt. Anderntags hat sie gesagt: »Das ist typisch für euch Machos. Ihr könnt, wenn das kleine Frauchen sich willig unterwirft. Aber wenn sie von sich aus mal was will, dann kriegt ihr die Muffen, und aus ist es mit der Stärke!« Das war sehr böse, aber irgend etwas, muß ich zugeben, stimmt sogar daran. Diese tüchtige Frau, die alle Fäden in der Hand hat, jetzt auch noch beruflich erfolgreich ist und nach der ich – aus der Distanz – auch immer wieder Sehnsucht verspüre: wenn sie mir nahe kommt, ist bei mir alles aus. Oft sehne ich mich im Stillen tatsächlich nach so einer kleinen Anschmiegsamen, die zu mir aufschaut, die mich toll findet und mich braucht... Aber solche Fantasien wage ich mir kaum selber einzugestehen. Ich bestätige damit ja nur Elkes Vorwürfe.*

*So, jetzt ist das Gröbste raus. Und um das Bild noch zu vervollständigen: Seit einem Monat habe ich es mit der Bandscheibe. Der Arzt sagt, ich müsse äußerst vorsichtig mit mir umgehen. Daß mein Körper nicht mehr so tut, wie er soll, das könnte mich rasend machen. Unüberhörbar klopft das Alter an meine Tür. Aber ich will es noch gar nicht hereinlassen. Ich möchte noch leben, und ich möchte – ja, ich möchte glücklich sein! Nur weiß ich beim besten Willen nicht, wie ich aus dieser Sackgasse herauskomme. Soll ich alles zerschlagen, was ich aufgebaut habe? Ganz neu beginnen? Dazu fehlt mir der Mut und eigentlich auch der ausreichende Grund. Es sind doch alles Kleinigkeiten, Mißverständnisse, Gekränktheiten. Aber was macht man damit? Wie kommt man über sie hinweg?*

*Da liegt nun der ganze Scherbenhaufen. Es hat gut getan, ihn hinzukippen, das muß ich wirklich sagen. Was daraus wird, weiß ich nicht. Ich weiß noch nicht einmal, ob ich Dir, lieber Günther, diesen Seelenerguß überhaupt zumuten will. Ich gehe erst mal ins Bett und schlafe drüber. Draußen ist es bereits hell, aber heute ist Sonntag, da sind noch ein paar Stunden für mich drin. Hab Dank, daß Du mir ein geduldiger – wenn auch vielleicht fiktiver – Zuhörer warst!*

*Dein Richard*

Kapitel 1

# Der Weg eines Helden

Ich habe darauf hingewiesen, daß das Leben vieler heutiger Männer in auffallender Weise an das Leben der klassischen Helden erinnert. Auch was von Richards Weg aus seinem Brief deutlich wird, zeigt Parallelen zum Weg der mythischen Helden. So verschieden diese nämlich im einzelnen geschildert werden, so groß sind die Ähnlichkeiten in den Grundzügen.[2] Ob Siegfried oder Parzival, Herkules, Perseus oder Gilgamesch, immer wieder tauchen folgende Motive auf:

Der Held ist zwar von königlicher oder sogar göttlicher Geburt, dennoch sind Zeugung, Geburt und frühe Kindheit oft großen Belastungen und Gefährdungen ausgesetzt. Oftmals erlebt er das Leid eines ausgestoßenen, verlassenen Kindes in einer extrem schwierigen Familiensituation. Als Heranwachsender entfaltet er aber bereits besondere Kräfte, Fähigkeiten und Talente. »Hervorragende Lehrmeister helfen ihm, seine Fertigkeiten und Kenntnisse zu vervollkommnen. Er erwirbt sich seine persönlichen Waffen, die meist von besonderer Qualität und Herkunft sind. Häufig findet er auch ein treues Begleittier – meist Pferd, Hund oder Vogel –, das sich durch Klugheit, Instinktsicherheit und Kraft auszeichnet.«[3] So gerüstet begibt er sich auf den Heldenweg. »Bis es zum eigentlichen Hauptkampf kommt, muß er eine Reihe von Nebenabenteuern bestehen. Zum Beispiel begegnet er einem anderen, zunächst feindlichen Helden, mit dem er kämpft und der sich als gleich stark herausstellt. Manchmal verbindet er sich mit diesem dann in Freundschaft. Der eigentliche Heldenkampf führt ihn über die Schwelle in unbekannte, fremde Bereiche. Es kann sich um einen verborgenen, schwer zugänglichen Ort handeln, wo eine unheimliche, bedrohliche Macht wirkt, zum Beispiel ein drachenartiges Ungeheuer, ein gefährlicher Feind oder auch der Tod. Nach hartem, fast tödlichem Kampf vermag der Held diese feindliche Macht zu überwinden. Danach gewinnt er einen Schatz (Gold, Königreich, Erkenntnis, Berühmtheit) und eine Jungfrau, mit der er sich verbindet und mit der er ein Kind zeugt.«[4]

## Ein »einseitiger« Held

Die Parallelen zu Richards Schilderung sind auf den ersten Blick erstaunlich. Richards Kindheit ist alles andere als sorglos. Wie Parzival zum Beispiel arbeitet er sich aus einer unglücklichen Familiensituation heraus und reißt sich von einer traurigen Mutter los, die sich an ihn klammert. In Studium und Beruf stellen sich ihm eine Reihe von schwierigen Aufgaben, vergleichbar den Heldenaufgaben, die er mit viel Anstrengung, aber schließlich mit Bravour meistert. Und wie Siegfried oder der Ritter Georg steht er eines Tages vor seiner schwierigsten Bewährungsprobe, seinem »Drachenkampf«, der Auseinandersetzung mit einem Vorgesetzten, aus der er nach langem schwerem Ringen schließlich als Sieger hervorgeht. Kein Wunder, daß ihm auch der Heldenpreis winkt: Er gewinnt sein »Königreich« – als jüngster Abteilungsleiter seiner Firma –, und er erobert seine »Jungfrau«, für die mit dem eigenen Haus auch bald das angemessene »Schloß« zur Verfügung steht. Aber – und hier sind die Ähnlichkeiten nun zu Ende – sein Glück währt nicht lange. Wohl versteht er es, seine Position im Beruf zu halten und auszubauen, aber die »Jungfrau«, seine große Liebe, sie entgleitet ihm immer mehr, und dies ist wohl ein wesentlicher Grund dafür, daß seine Siege auf den anderen Feldern für ihn immer mehr ihren Sinn verlieren. So steht bei Richard am Ende nicht der Triumph, sondern die Depression.

Außerdem fallen zwei kleine Unterschiede zu den typischen Heldenwegen schon vorher ins Auge. Sie haben mit der Reihenfolge der Ereignisse zu tun: Die Beziehung zu Elke geht Richard gleich zu Beginn seines Weges ein, und Abteilungsleiter wird er schon längere Zeit vor seinem »Drachenkampf«, während für die Helden der Mythen beides der Preis ist, den sie nach langen Mühen erst am Ende gewinnen. Nun darf man vielleicht die alten Geschichten nicht so wörtlich nehmen. Aber immerhin könnte man fragen, ob Richards Probleme nicht auch damit zu tun haben, daß hier eine bestimmte Reihenfolge durcheinandergeraten ist, die ihre innere Logik hat und die man nicht ungestraft verändern darf.

Wir wollen das dahingestellt sein lassen. Es gibt bei genauerem Hinsehen freilich noch weitere Unterschiede zu den Helden der Mythen und Märchen, und die fallen stärker ins Gewicht. Durch sie wird deutlich, daß Richard im Vergleich zu den Mythen ein recht einseitiger Held ist. Liegt es womöglich daran, daß ihm das Glück in der Liebe nicht dauerhaft zuteil wird und er auch seines »Herrschertums« im Betrieb nicht wirklich froh werden kann?

Die Helden in den Erzählungen werden mit charakteristischen Waffen ausgestattet, die ihnen bei der Bewältigung ihrer Aufgaben hilfreich sind. Dazu gehören Speer, Pfeil, Schwert und Schild. Diesbezüglich brauchen wir bei Richard keine Sorgen zu haben. Er verfügt über seine »Waffen«, er versteht zu kämpfen. Er führt den Speer, das Symbol für Durchsetzungskraft, er weiß das Schwert der Unterscheidung und Entscheidung zu gebrauchen. Er kann sich offensichtlich auch ausreichend schützen und somit den Schild in der richtigen Weise einsetzen. Allerdings fällt auf, daß ihm dabei nicht wie zum Beispiel Parzival ein Gurnemanz zur Seite steht, ein wohlwollender älterer Meister, eine positive Vatergestalt, die ihn in die Kunst der Waffenführung einweist. Unser Held ist von Anfang an sehr allein und auf sich gestellt. Er ist einer, der mit allem allein zurechtkommen muß. Könnte es daran liegen, daß seinem Kampf etwas Überangestrengtes eignet und er ihn womöglich so viel Kraft kostet, daß es für die Beziehung zu seiner Frau nicht mehr reicht? Wir werden später auf diesen Punkt zurückkommen.

Wenn wir Richard noch weiter mit dem Heldenbeispiel vergleichen, werden immer gravierendere Unterschiede deutlich. Helden haben in der Mythologie immer ein hilfreiches Tier an ihrer Seite. Es springt ihnen bei und hilft ihnen aus gefährlichen Situationen. Lutz Müller deutet in seinem Buch über den Helden diese Tiergestalten als die Körperlichkeit und – damit zusammenhängend – die Instinktseite des Mannes.[5] Der Held hat nicht nur die Aufgabe, seine Waffen gut gebrauchen zu lernen, er muß sich, um seinen Aufgaben gewachsen zu sein, auch mit seiner Leiblichkeit, mit seinen Sinnen, seiner Empfindungs- und Emotionsseite anfreunden und sich diese zunutze machen. Hier ist es freilich bei Richard nicht gut bestellt. Er hat die typische Sozialisation des männlichen Intellektuellen in unserer modernen Gesellschaft durchlaufen. Er hat ein hochtheoretisches Studium absolviert, und sein gesamtes Vorankommen verdankt er den Leistungen seines Geistes, und zwar eines einseitig rational-naturwissenschaftlich trainierten Geistes. Seinen Körper nimmt er nicht wahr, er erwartet von ihm selbstverständliches Funktionieren. *»Daß mein Körper nicht mehr so tut, wie er soll, das könnte mich rasend machen«*, schreibt er im Brief. Diese Mißachtung der Leiblichkeit wirkt sich offensichtlich auf die Dauer schlimm aus: sowohl auf seine Gesundheit, wie auch – schon lange zuvor – auf seine Sexualität. Diese »funktioniert« zwar, aber sie ist nicht eingebettet in eine lebendige Beziehung, sie scheint vom übrigen Leben isoliert, fast abgespalten und gleichzeitig überbetont, so daß Elke sich mehr und mehr dagegen zu wehren beginnt. Und eines Tages stellt er mit Entsetzen fest, daß sie zu entschwinden droht, noch ehe er sie recht auskosten konnte. Der Held des Mythos freundet sich mit »seinem Tier« an. Er macht es sich vertraut, er sorgt dafür, er pflegt es. Diesen liebevollen Umgang mit sich als Körperwesen vermissen wir bei Richard. Möglicherweise liegt darin eine wesentliche Ursache für seine Schwierigkeiten.

Als weiterer Unterschied fällt auf: Die Helden der Sagen haben sehr häufig einen Waffengefährten, einen Blutsbruder, einen Freund, der mit ihnen durch dick und dünn geht. Richard ist zutiefst bewegt, als er merkt, daß es tatsächlich einen Menschen gibt, Günther, den Adressaten seines Briefes, mit dem ihn tiefe Zuneigung verbindet. Dies war bis zum Abiturientreffen an jenem Abend aus seinem Bewußtsein vollständig verschwunden gewesen. In den Mythen ist der Blutsbruder anfangs oft ein Feind und Rivale, bei Parzival zum Beispiel ist es der dunkelhäutige Feirefiz, bei Gilgamesch der Naturmensch Enkidu, beim alttestamentlichen Jakob der »haarige«, gefühlsnahe Esau. Der Rivale erweist sich als gleich stark und gleich unbesiegbar, was auf ein vollständiges Patt im Zweikampf hinausläuft. Das Problem wird gelöst, indem beide mit dem Kämpfen aufhören und Freundschaft miteinander schließen. Richard kennt zwar, wie viele moderne Helden, Rivalität und Konkurrenz »bis aufs Blut«, aber die Auseinandersetzungen werden nicht zum Beginn einer echten Beziehung, sondern enden mit Sieg oder Niederlage und führen darum nie zu einem Ende in Friede und Freundschaft.

So kommt es, daß Richard sehr allein steht und immer einsamer wird. Damit unterscheidet er sich stark von den klassischen Helden. Die wußten noch: Es tut Männern nicht gut, wenn sie als persönliches Gegenüber in ihrem Leben nur Frauen haben. Männer brauchen Männer, um sich in ihrem Eigenen zu finden und von da aus dann auf das andere Geschlecht zugehen zu können.

In Richards Leben gibt es keine Nähe zu Männern. Das hat zur Folge, daß er wohl zu viel an Beziehungssehnsucht auf seine Frau, auf Elke, konzentriert. Sie soll sein gesamtes Bedürfnis nach Kontakt, Verständnis und Solidarität befriedigen. Er ist in einem viel zu hohen Ausmaß allein auf sie angewiesen. Das spiegelt sich auch wider in der Struktur seines Familiengefüges: Im Laufe der Zeit übernimmt die Tochter die Rolle der Vertrauten, nachdem es mit Elke schwierig geworden ist, und zum Sohn, dem anderen Mann in der Familie, findet er keinen Zugang. Zweifellos hängt dies auch mit seiner Herkunftsfamilie zusammen, in der er ebenfalls eine besondere Rolle für seine Mutter spielte. Auch darauf kommen wir später zurück.

Am Blutsbruder in den Heldenmythen fällt auf, daß er zunächst ein »Schattenbruder« ist. Feirefiz, der Halbbruder Parzivals, ist dunkelhäutig, Jakobs Bruder Esau ist der »haarige«, Enkidu, der Gefährte von Gilgamesch, ist ein urtümliches Erd- und Naturwesen. Das heißt, der Gefährte des Helden repräsentiert eine Gegenseite zu dessen strahlend-lichter Erscheinung, eine Seite, die er in seiner Existenz nicht oder zu wenig lebt. So ist Esau zum Beispiel Jakob gegenüber zwar einerseits der Einfältige, der den Listen seines Bruders unterliegt, andererseits ist er aber auch der Gefühlvolle, Emotionale, der sich der Begeisterung wie dem Schmerz hingeben kann. Die dunkle, weil nicht gelebte Seite des Lebens – wie gut täte es Richard, wenn sie ihm in einem guten Freund begegnete, so daß er sie in seine Existenz einlassen könnte! Männerfreundschaften können gerade deshalb so wertvoll sein, weil hier Kontakt entsteht zu anderen Weisen, das Mannsein zu leben, Weisen, die in unserem Tagesbewußtsein in den Hintergrund getreten und vielleicht auch verkümmert sind.

Der klassische Held ist also nicht nur einer, der mit Speer, Schwert und Schild die Rivalen, Feinde und Drachen bekämpft. Er ist auch einer, der einen starken, väterlichen Meister hat, der sich das Tier zum Freund und den Schattenbruder zum Vertrauten macht. So lebt er Seiten, die unserem Helden Richard weitgehend fehlen.

Dies wird vollends deutlich bei der Braut, die der Held erobert. Wenn wir im Helden nicht nur die Verkörperung eines Individuums, sondern darüber hinaus die Symbolisierung eines Lebensprinzips, eben des »heldischen Prinzips«, sehen, wird die Braut, die der Held durch den Drachenkampf gewinnt, zum Symbol für das ergänzende andere, das »erotische Prinzip«. So gesehen bildet sich in der Vereinigung des Helden mit der Braut auch ein notwendiger innerseelischer Prozeß ab: die Vereinigung des heldischen Prinzips mit dem erotischen. Damit macht der Heldenmythos unüberhörbar deutlich: Der Mann muß nicht nur kämpfen lernen, es geht nicht nur darum, die »männlichen« Seiten seiner Existenz auszuprägen. Wenn er die Braut für sich gewinnt und sich mit ihr vereinigt, heißt dies für ihn: Es gilt auch, das »Weibliche« in sich selbst zu entdecken und in sein Bewußtsein zu integrieren. Dieser Vorgang ist nötig, damit der Mann fähig wird, auch »im Außen« eine Frau als persönliches Gegenüber für sich zu gewinnen und liebesfähig zu werden.

## Männliches und weibliches Prinzip

Damit sind wir beim Thema »männlich« – »weiblich« angelangt, und dabei wollen wir uns noch einige Augenblicke aufhalten. »Männlich« und »weiblich« sind nicht nur zwei Individuen unterschiedlichen Geschlechts. Mit »männlich« und »weiblich« bezeichnen wir auch zwei fundamentale Lebensprinzipien: das »männliche Prinzip« und das »weibliche Prinzip«. Die Polarität dieser beiden macht die Grundspannung und die Dynamik des Lebendigen aus. Diese Prinzipien dürfen nicht – wie es oft geschieht – mit »Mann« und »Frau« identifiziert werden. Schon rein biologisch gesehen ist der Mann nicht nur männlich und die Frau nicht nur weiblich. Beide Geschlechter haben männliche wie weibliche Anteile. C. G. Jung sprach von der Anima, dem weiblichen Seelenanteil des Mannes, und vom Animus, dem männlichen Seelenanteil der Frau. Es gehört nach seiner Auffassung zur vollen Entwicklung des Menschseins, zur Individuation, als Mann die Anima und als Frau den Animus bewußt zu machen und damit vertraut zu werden.

Weibliches und männliches Prinzip entsprechen dem berühmten Gegensatzpaar Yin und Yang der taoistischen Weltsicht. Das weithin bekannte Symbol dafür bringt ebenfalls zum Ausdruck, daß beides eine dynamische Einheit bilden muß, damit das Leben zu seiner vollen Gestalt kommt:

Yin – Yang

Wenn wir aus der Tradition und Literatur sammeln und gegenüberstellen, was unter dem männlichen und dem weiblichen Prinzip verstanden wird, dann ergibt sich das folgende Bild:

| **Yang**<br>Männliches Prinzip | **Yin**<br>Weibliches Prinzip |
|---|---|
| unterscheiden, trennen | verbinden, fließen |
| machen | zuwarten, betrachten |
| eindringen | aufnehmen |
| kämpfen | zulassen |
| gewollte, durchgesetzte Veränderung | Veränderung im natürlichen Rhythmus des Werdens und Vergehens |
| zielgerichtet, linear | zyklisch, kreisförmig, wiederkehrend |
| sequentiell (»eins nach dem andern«) | polychron (Verschiedenes gleichzeitig) |
| behauptend, abgrenzend (positional) | bezogen, verbindend (relational) |
| analysierend, logisch schlußfolgernd | intuitiv-ganzheitlich, assoziativ |
| Ordnung, Struktur | Fluß, Strom |
| Ratio, Verstand | Gefühl, Gespür |

Die einzelnen Gegensatzpaare dieser Liste bedürften der näheren Erläuterung. Auf einzelne Punkte werden wir auch im weiteren Verlauf noch zurückkommen. In diesem Zusammenhang kommt es mir aber nicht auf das genaue Verständnis, sondern auf den Gesamteindruck an: Es handelt sich bei »männlich« und »weiblich« um zwei Grundeinstellungen, zwei Lebensgrundmuster, die sich einerseits notwendig ergänzen, wie es im Yin-Yang-Zeichen zum Ausdruck kommt, die andererseits aber auch gegensätzlich sind und in Spannung zueinander stehen. Wollten wir für »männlich« und »weiblich« in dieser ihrer Polarität Symbole finden, wäre für das eine wohl der Pfeil passend, für das andere eher die Schale oder Welle.

Yang-Prinzip Yin-Prinzip

Es geht, wie gesagt, um Grundmuster, die sowohl beim konkreten Mann wie bei der konkreten Frau – mindestens der Anlage nach – vorhanden sind. Doch an den Symbolen wird auch deutlich, daß es kein Zufall ist, daß die Yang-Seite oft mit dem konkreten Mann und die Yin-Seite mit der konkreten Frau identifiziert werden. Denn die Symbole erinnern uns an die biologischen, speziell die geschlechtsspezifischen Unterschiede zwischen Mann und Frau. Es ist wohl auch zutreffend, was C.G. Jung anmerkt, daß es beim Jungen und beim Mann zunächst das männliche Prinzip ist, das in den Vordergrund drängt und mit dem er sich auf der bewußten Ebene identifiziert, wie es auch umgekehrt mit dem weiblichen Prinzip beim Mädchen und bei der Frau der Fall ist. Man kann dies nachprüfen, indem man die Gegenüberstellung noch einmal durchgeht. Man wird feststellen: Jungen verhalten sich spontan eher so, wie es der linken, Mädchen eher so, wie es der rechten Spalte entspricht. Dennoch wäre die Identifikation Yang = Mann und Yin = Frau ein Irrtum. Denn ebenso einleuchtend ist jedem bei Durchsicht der beiden Spalten, daß auch der Mann zu seiner Reifung die rechte Seite, wie auch die Frau die linke Seite braucht. Das meinte auch C.G. Jung, wenn er von der Integration der »Anima« beim

Mann und des »Animus« bei der Frau sprach, die – spätestens, muß man aus heutiger Sicht hinzufügen – in der zweiten Lebenshälfte erfolgen sollte.

Die Helden in den Märchen, Sagen und Mythen sind zweifellos mit vielen Yang-Symbolen (Schwert, Pfeil, Lanze usw.) ausgestattet und verhalten sich häufig yang-haft. Aber auch die andere Seite, die »weibliche« oder yin-hafte, kommt bei ihnen zum Zug, wie wir gesehen haben: Sie befreunden sich mit dem »Tier«, sie verbinden sich mit einem Blutsbruder in tiefer Zuneigung, und dieser Blutsbruder repräsentiert oft die »andere«, die ungelebte Seite, und sie vereinigen sich schließlich mit der Braut. Das alles sind zweifellos Aspekte der seelischen Ausstattung des Helden, die der Yin-Seite zuzuordnen sind. Die braucht der Held also genauso nötig, um sein Ziele zu erreichen und sich im Leben zu bewähren.

## Eingeengte Männlichkeit

Wenn ich mit Führungskräften zu diesem Thema arbeite, stelle ich immer wieder fest, daß ihnen dies gerade auch hinsichtlich ihrer beruflichen Anforderungen unmittelbar einleuchtet. Sie stehen vor derart komplexen und unüberschaubaren Situationen, daß die bisher fast ausschließlich ausgebildeten Yang-Fähigkeiten nicht mehr ausreichen, um sich zurechtzufinden und erfolgreich zu sein. Ohne die Yin-Seiten – ganzheitliche Wahrnehmung, Gespür für Unwägbares, Kooperationsfähigkeit und dergleichen – sind Innovationen in Politik und Wirtschaft nicht mehr zu erreichen. Ausschließlich yang-geprägte Männer werden immer mehr zum Spielball von Kräfteverhältnissen, die sie nicht durchschauen.

Dennoch ist es nicht zu leugnen, daß heutzutage sehr viele Männer in ihrem Lebensgefühl, in ihren Einstellungen und Herangehensweisen an die Dinge fast ausschließlich auf der linken, der Yang-Seite, stehen. Aus dem Brief Richards wird dies fast in jeder Zeile deutlich. Damit steht er nicht allein. Für ihn als naturwissenschaftlich und technisch Geschulten gilt das zweifellos in besonderem Maß, aber keineswegs ausschließlich. Das Rollenbild des Mannes unserer westlichen Gesellschaft ist insgesamt so geprägt, daß auch Künstler, Geisteswissenschaftler und professionelle Helfer, ja sogar Arbeiter und Bauern in ihrem Arbeits- und Beziehungsverhalten eine starke Schlagseite in diese Richtung haben.

Dieser einseitigen Rollenfestlegung des Mannes auf das Yang-Prinzip entspricht, daß das dazugehörige Bild der weiblichen Rolle fast ausschließlich aus Elementen der rechten, der Yin-Seite besteht. Einseitig auf die Yang-Seite festgelegte Männer wünschen sich meist Frauen, die genauso einseitig mit dem Yin-Prinzip identifiziert sind. Ihre Einseitigkeit braucht einen Ausgleich – und den sollen die Frauen schaffen. Die damit gegebene Festlegung auf das Yin-Prinzip entspricht aber heute in keiner Weise mehr dem weiblichen Selbstverständnis, und sie stimmt noch weniger mit den Anforderungen überein, denen sich eine Frau heute gegenübersieht, vor allem, wenn sie auch berufstätig ist.

Die Tendenz, die Yang-Seiten mit dem konkreten Mann und die Yin-Seiten mit der konkreten Frau zu identifizieren, ist das Ergebnis einer bestimmten Entwicklung. Darüber wurde von Historikern und Soziologen schon viel geschrieben. Ich verweise auf die entsprechende Literatur[6] und begnüge mich hier nur mit einem Hinweis: Entscheidend für die einseitige Identifizierung der Männerrolle mit dem Yang- und der Frauenrolle mit dem Yin-Prinzip scheint der Übergang von der vorindustriellen in die industrielle Epoche gewesen zu sein. Mit diesem Übergang kam es zu einer Trennung von Familienleben und Berufsleben. Nun waren die Frauen ausschließlich auf den Binnenraum der Familie verwiesen, die Männer aber auf den »Kampf ums Überleben« draußen im Beruf. So wurden die Frauen (ausschließlich) zuständig für die »Gefühls-Arbeit« und die Männer (ausschließlich) für die »Berufs-Arbeit«. Das weibliche Bewußtsein wurde somit ein Yin-Bewußtsein, das männliche ein Yang-Bewußtsein, beide Prinzipien wurden voneinander getrennt und teilten sich auf die beiden Geschlechter auf. Dieser Vorgang prägt die traditionellen Rollenbilder von Mann und Frau nach wie vor, obwohl die Anforderungen, die die heraufziehende Epoche der nachindustriellen Gesellschaft an die Menschen stellt, dieser Rollenaufteilung immer weniger entsprechen.

Schon die alten Heldenmythen zeigen, wie wir gesehen haben, daß Männlichkeit gerade nicht grundsätzlich so einseitig yang-haft sein muß. Tatsächlich aber identifizieren heute immer noch zahllose Männer ihre Männlichkeit mit dem Yang-Prinzip, und sie werden – völlig dem widersprechend, was tatsächlich gebraucht wird, – durch Schulung und Anweisungen ihrer Vorgesetzten weiter in diese Richtung gedrängt. Das hat freilich immer problematischere Folgen. Einige davon seien hier aufgezählt:

1. Zunächst bedeutet es eine starke Polarisierung der Geschlechter. Männer, die vorwiegend yang-haft sind, wollen von Frauen die Identifikation mit dem Yin-Prinzip. Damit aber stehen sich Mann und Frau an zwei entgegengesetzten Polen gegenüber. Das ergibt eine ungeheure Spannung. In der Zeit der Verliebtheit ist das eine sehr angenehme, eine erotische Spannung, denn die große Unterschiedlichkeit und Einseitigkeit bedingt eine starke Anziehungskraft. Sie bedingt aber auch völlig illusorische und übersteigerte Erwartungen an die Vereinigung der Partner. Wenn mir alles mangelt, was der andere hat, wird er für mich zu einem Erlöser, einer Erlöserin. Da dies eine völlig überzogene Erwartung ist, wird auf die Dauer aus der erotischen leicht eine aggressive Spannung. Was zunächst anziehend war, erscheint nun fremd und unvertraut. Keiner fühlt sich vom anderen mehr verstanden.

Diese Entwicklung läßt sich im Brief Richards deutlich verfolgen. Die überforderte Elke erwartet von Richard selbstverständlich männliche Stärke, und der überforderte Richard erwartet von Elke bedingungslose mütterliche Geborgenheit, und keiner kann es dem anderen geben, weil er selbst so ausgebrannt ist. So sind beide enttäuscht, in ihren Augen versagt er als »Mann«, und in seinen Augen versagt sie als »Frau«.

2. Es gibt aber noch eine weitere Konsequenz aus dieser Polarisierung von Yin und Yang zwischen den Geschlechtern. Frauen sind heute aufgrund ihrer Bildungs- und Berufsmöglichkeiten stark herausgefordert, auch ihre Yang-Seite auszubilden. Damit aber dringen sie in die traditionelle Domäne der Männer ein. Da diese sich in der großen Mehrzahl bei weitem (noch) nicht im selben Ausmaß gedrängt fühlen, die Yin-Seite bei sich zu entwickeln, empfinden sie dies als

Konkurrenz auf ihrem ureigensten Gebiet und somit als Bedrohung.

Richard schreibt, daß es ihm sehr recht war, daß Elke zu Hause in der Familie bleiben wollte, das entsprach seinem Rollenbild. Als Elke dann aber ihre berufliche Laufbahn begann, erlebte er dies als einen weiteren Schritt der Entfremdung. Ihre Stärke und Tüchtigkeit interpretiert er so, daß sie ihn nun vollends nicht mehr »braucht« und er als Mann überflüssig wird.

3. Noch eine dritte Konsequenz ergibt sich aus dem bisher Gesagten: Wenn sich der Mann fast ausschließlich mit seiner Yang-Seite identifiziert und die Yin-Seite unbeachtet läßt, heißt das nicht, daß diese in seiner Seele zu existieren aufgehört hätte. Sie ist da und will entfaltet werden. Geschieht das nicht, wandert sie in den seelischen Untergrund und wird – um wieder einen Begriff von Jung zu gebrauchen – zum »Schatten« des Mannes. Aus dem »Schatten« heraus drängt sie danach, Geltung zu bekommen, und je älter er wird, desto stärker und auf eine immer bedrohlichere Weise. Das heißt zum Beispiel: Wenn ein Mann zeit seines Lebens weiche Gefühle nicht zuläßt, verschwinden diese nicht, sondern überfallen ihn eines Tages unkontrollierbar und oftmals in einer ins Negative gekehrten Form, zum Beispiel als Depression.

Richard, für den Gefühlsäußerungen immer etwas Ungewohntes waren, schreibt seinen Brief aus der Erschütterung eines solchen depressiven Einbruchs. Er wählt einen guten Weg, sich damit auseinanderzusetzen, indem er in Worte faßt und niederschreibt, was ihn zu überschwemmen droht. Viele seiner Schicksalsgenossen fallen dagegen ins Bodenlose, werden von stürmischen Gefühlen überwältigt oder arbeitsunfähig. Die lange zurückgedrängten Yin-Kräfte legen sie lahm, denn nun wird diese »andere Seite« offensichtlich, allerdings in einer bedrohlichen Form. Das macht angst und kann dazu führen, daß die Chance, die darin auch liegt, gerade nicht wahrgenommen wird. Die Yin-Seite wird aus dieser Angst heraus oft noch vollständiger unterdrückt und weggedrängt.

4. Leider geschieht das nicht selten sehr gründlich, so gründlich, daß die »andere Seite« sich tatsächlich nicht mehr zu

Wort meldet. Die Folge ist dann eine vollständige Erstarrung in einseitiger Rationalität und Gefühlskälte. Richard ist zweifellos noch nicht so weit, aber er steht am Scheideweg. Wenn er die Chance nicht nutzt, bliebe ihm wohl nur der Weg zum einsamen, vertrockneten Technokraten. Das Ende der Beziehung zu Elke wäre dann die notwendige Folge.

5. Wird die Yin-Seite nicht mit entwickelt, kann sie sich aber noch auf eine andere Weise rächen: Sie kann – vor allem um die Mitte des Lebens – den Mann dermaßen überschwemmen, daß er sie nicht mehr oder nur um den Preis eines Doppellebens zu kontrollieren vermag. So kann die Yin-Seite zum Beispiel zur Sucht pervertieren. Im Beruf funktioniert man weiter tadellos, zu Hause dann leert man jeden Abend regelmäßig eine Flasche Wein. Dann fühlt man sich entspannt und leicht und erlebt endlich wieder schöne Gefühle. Dann, am anderen Tag, wenn der Rausch ausgeschlafen ist, ist man wieder der kalte Technokrat, dem keine Regung anzusehen ist – und am Abend wartet wieder die »andere Welt« der Sucht, in der man die Yin-Seiten auslebt, freilich um den Preis der Gesundheit und um den Preis der Beziehung. Denn Süchtige sind mit der Droge verheiratet, eine Partnerin hat daneben keinen Platz.

6. Eine andere Form der Überschwemmung des Mannes durch seine Yin-Seite ist, wenn er »nicht anders kann«, als immer wieder Affären zu haben, in denen er im Dunkel des Geheimen all jene Emotionen und Sehnsüchte auslebt, die ihm zu Hause verschlossen sind, wie es Richard von sich schildert. Das Problem fühlt er ganz genau: Er kann nicht mehr so weiterleben wie bisher. Seine Yin-Seite, seine Anima, will Beachtung. Würde er sich dem stellen, hieße das, das ganze bisherige Lebenskonzept in Frage zu stellen, und das, fürchtet er, hätte vielleicht die Konsequenz der Trennung und damit der Zerstörung von all dem, was er bisher aufgebaut hat.

Aus dieser Erfahrung heraus – nicht mehr auf die Yin-Seite verzichten zu können, aber auch das, was man hat, nicht gefährden zu wollen – entscheiden sich viele Männer für das Doppelleben in zwei Welten, einer öffentlichen und einer geheimen. Aber auch hier ist der Preis hoch: Die Gespaltenheit zerreißt sie entweder eines Tages gesundheitlich, oder das Ganze kommt doch ans Licht, und die Folgen fallen dann erst recht katastrophal aus.

Richard hat, wie viele Männer seiner Generation und seines Milieus, wenig Gelegenheit gehabt, die »andere Seite des Helden«, die Yin-Seite, in sich zum Leben kommen zu lassen, ja, er ist sich ihrer Existenz in sich selbst kaum bewußt, hat sie einfach mit »Frau« identifiziert und seiner Partnerin zugeschoben – mitsamt den Ansprüchen, die damit verbunden sind. Damit ist er nun, in der Lebensmitte, in eine seelische Sackgasse geraten, die alle Anzeichen einer schweren Lebenskrise trägt. Es könnte nun seine Chance sein, sich dieser anderen Seite des Lebens bewußtzuwerden und sich ihr zuzuwenden. Was dies konkret bedeuten würde, darüber wollen wir uns in den folgenden Kapiteln Gedanken machen.

Ich werde dabei die einzelnen Themen, die in »Richards Brief« angesprochen und in diesem ersten Kapitel von mir benannt worden sind, noch einmal einzeln aufgreifen und etwas weiter ausführen.

Kapitel 2

# Arbeit, Leistung, Liebe

*Meine Arbeit forderte mich total... In den Augen meiner Kollegen war ich ein Senkrechtstarter, ganz entgegen dem Gefühl, das ich selber von mir hatte. Mich kostete alles schreckliche Mühe, nichts ging mir selbstverständlich von der Hand. Aber ich arbeitete wie ein Berserker, und der Erfolg blieb nicht aus. So war ich bald der jüngste Abteilungsleiter der Firma.*

Das erste Einzelthema, das ich aufgreife, behandelt die Bedeutung, die Arbeit, Leistung und Erfolg für Männer häufig haben und welche Folgen sich daraus für die Liebe ergeben. Aus Richards Brief geht hervor, daß für ihn die berufliche Arbeit eine alles beherrschende Bedeutung hat. Arbeit und Beruf – sie vor allem anderen sind für den modernen Helden das Schlachtfeld, auf dem der Drache getötet werden muß. Allerdings: Im Mythos endet das erfolgreiche Bestehen dieses Kampfes mit der Eroberung der Prinzessin. Für heutige Helden läuft es dagegen sehr oft darauf hinaus, daß sie ihre Auserwählte dadurch gerade verlieren. Woran mag das liegen?

**Selbstverwirklichung in der Leistung**

Zunächst scheint der Konflikt darin zu liegen, daß wir es hier mit einem typischen Unterschied zwischen Männern und Frauen zu tun haben. Es entspricht der vorwiegenden Yang-Orientierung des Mannes (siehe linke Spalte auf Seite 26), daß die Bewährung im Beruf nicht von seinem Lebensgefühl zu trennen ist. Diesen Bereich erlebt er als entscheidend für seine Selbstverwirklichung. Das ist wohl in diesem Ausmaß bei Frauen heute (noch?) nicht der Fall, selbst wenn die Entwicklung einer berufliche Identität immer deutlicher auch zum weiblichen Selbstverständnis dazugehört. Vor kurzem sagte eine seit jeher berufstätige Freundin zu mir: »Ich bin sicher: Wenn ich mich richtig verlieben würde, wäre ich bereit, von Stuttgart auch nach Hamburg umzuziehen. Ich würde mir eben da wieder eine berufliche Existenz aufbauen!« Ich war überrascht, wie spontan das kam. Gerade von ihr hätte ich das nicht erwartet! Denn von Anfang ihres Erwachsenenlebens an war sie berufstätig gewesen, und zwar mit Begeisterung, erfolgreich und engagiert. Welcher Mann könnte etwas Vergleichbares in dieser Selbstverständlichkeit von sich sagen? Frauen sind sogar häufig bereit, die abenteuerlichsten Umzüge und Wohnungswechsel in kurzer Abfolge und großer Zahl mitzumachen, wenn der Beruf des Mannes »es erfordert«, und zwar auch dann, wenn es mit einer wiederholten Zerstörung ihres sozialen Netzes und ihrer eigenen beruflichen Laufbahn verbunden ist. Entsprechend ihrer vorwiegenden Yin-Orientierung (rechte Spalte, Seite 26) steht für sie die Selbstverwirklichung in Beziehungen stärker im Vordergrund als beim Mann.

Diese Unterschiedlichkeit kann sich in der Paarbeziehung auf die Dauer fatal auswirken. Denn Frauen, die bereit sind, für die Beziehung so viel zu opfern, erwarten dann auch vom Mann, daß er Energie für die Beziehung aufwendet. Im ersten Schwung der Verliebtheit widmet zwar auch der Mann seine ganze Aufmerksamkeit der Frau. In dieser Zeit wird er vielleicht sogar zu lyrischen Gedichten und hingebungsvollem Pathos für seine Geliebte inspiriert. Aber wenn die erste Zeit der Werbung und Eroberung vorüber ist, wandert sein Interesse immer mehr zum Beruf hin und konzentriert sich mit immer größerer Ausschließlichkeit auf ihn. Wenn die Beziehung zustandegekommen ist, scheint für den Mann dieses Kapitel erledigt zu sein. Dagegen fasziniert es ihn mehr und mehr, im Beruf etwas zu schaffen und zu gestalten, Probleme zu lösen, zu kämpfen und sich durchzusetzen. Das scheint existenziell so wichtig für ihn zu sein, daß er darüber die Bedürfnisse der Partnerin und der Kinder immer mehr vergißt, und die Angelegenheiten der Beziehung unausgesprochen, aber immer ausschließlicher an die Frau delegiert. Diese jedoch erwartet, je länger die Beziehung geht, desto dringlicher, daß nun endlich irgendwann auch ein gewisser Ausgleich erfolgt. Erstens hat sie für seinen beruflichen Aufbau auf vieles verzichtet, und zweitens möchte sie nun auch mehr Spielraum, um eigene Berufswünsche zu verwirklichen. Das kommt den Männern dann oft sehr ungelegen, denn – da es ja ihrer dominierenden Lebenseinstellung entspricht – die Vorherrschaft ihres Berufes war für sie »ganz in Ordnung«. Konflikte und Enttäuschungen sind dann häufig die Folge dieser Unterschiedlichkeit.

## Von der Aufgabe fasziniert

Ich möchte der Tatsache, daß die berufliche Leistung für Männer eine so überragende Bedeutung hat, noch etwas weiter nachgehen. Außer daß dies, wie gesagt, ihrer vorherrschenden Yang-Orientierung entspricht, kann es zusätztlich zwei sehr verschiedene Gründe haben. Es kann sein, daß Männer von der Aufgabe, um die es geht, ergriffen, fasziniert, ja besessen sind, weil sie so wichtig und wertvoll ist. Die Attraktivität oder Sinnhaftigkeit, die Größe und Wichtigkeit der Aufgabe nimmt sie vollkommen in Beschlag. Oder es kann sein, daß es ihnen dabei gar nicht oder nur sehr vordergründig um die Aufgabe geht. Die eigentlich treibende Kraft für ihr Überengagement ist ein innerer »Antreiber«, ein seelischer Druck, der mit der Sache nichts zu tun hat, sondern aus einer inneren Not entspringt. In beiden Fällen kann das zum Konflikt führen: Das Engagement für die Aufgabe gerät in Widerspruch zum Engagement für die Beziehung. Die Situation ist aber – jedenfalls von außen betrachtet – in beiden Fällen sehr unterschiedlich.

Ich möchte mich zuerst dem Fall zuwenden, daß es tatsächlich um die Sache, die Aufgabe geht, die so wichtig ist, daß ein Konflikt mit den Anforderungen der Beziehung entsteht. Nehmen wir etwa einen Arzt, in dessen Praxis das Leben eines Patienten auf dem Spiel steht und der deshalb die gemeinsam geplante Reise am Wochenende Frau und Kinder allein machen läßt. Der Arzt ist hier durch die ethische Verpflichtung, die die Berufsrolle mit sich bringt, gebunden, und sie hat für ihn offensichtlich eine höhere Verbindlichkeit als die Vereinbarung mit der Familie. Er mutet ihr darum zu, daß er sie alleinläßt.

Aber nicht nur ethische Verpflichtungen, die aus der Berufsrolle erwachsen, können echte Konfliktsituationen mit der privaten Beziehung heraufbeschwören: Ein Klinikchef sagte zu meiner Frau, als sie sich darüber wunderte, wie viel Zeit er im Krankenhaus verbrachte: »Ich habe meiner Frau vor der Ehe gesagt: In erster Linie bin ich Arzt, erst in zweiter Linie dein Mann und Vater unserer Kinder!« Trotz der Ähnlichkeit zum Beispiel mit dem todkranken Patienten liegen hier die Dinge anders. Die ethische Verpflichtung spielt zwar hinein, aber in erster Linie spricht aus diesen Worten etwas anderes, nämlich die Faszination durch die Aufgabe, der dieser Arzt alles andere unterordnet. Man kann darüber streiten, ob eine derartige Einstellung einer ebenbürtigen Partnerin heutzutage zuzumuten ist. Anzuerkennen bleibt in jedem Fall, daß dieser Mann mit Leib und Seele Arzt ist, daß er klare Prioritäten setzt und seine Frau nicht im Unklaren läßt und mit vagen Versprechungen ihre Enttäuschung vorprogrammiert, wie ich es viele Männer immer wieder tun sehe.

Häufig spielt beides gleichrangig zusammen, die ethische Verpflichtung und die Faszination von der Aufgabe. Fasziniert von der Idee der Befreiung seines Volkes aus den Fesseln der Apartheid und zugleich moralisch verpflichtet durch die Hoffnungen und Erwartungen der Menschen widmete Nelson Mandela seine gesamte Kraft diesem Ziel. Seine privaten Liebesbeziehungen und die Beziehungen zu seinen Kindern erlitten dadurch schweren Schaden. In bewegenden Worten spricht er in seiner Autobiografie immer wieder über diese schmerzliche Konsequenz seines Engagements.[7] Dennoch ist es für ihn klar, daß der Kampf für sein Volk für ihn erste Priorität haben muß.

Ich bin der Meinung, daß eine solche Einstellung für den einzelnen durchaus ein notwendiges, zumindest respektables Lebenskonzept sein kann. Ich meine auch, daß es durchaus eine mögliche und gültige Form der Selbstverwirklichung ist, um einer beruflichen Aufgabe willen auf eine Familie oder auf eine Dauerbeziehung sogar ganz zu verzichten und sich »mit Haut und Haar« zu engagieren. Hier hat der viel gescholtene Zölibat als Lebensform seinen bleibenden Sinn, und zwar nicht nur für geistliche Berufe, vorausgesetzt, daß er um der Sache willen auf sich genommen wird. Freilich ist eine solche Priorität mit einem schmerzlichen Verzicht verbunden, aber um das Verzichten kommen wir im Leben ohnehin nicht herum – in keinem Fall.

Man muß dabei aber auch die andere Seite betonen: Es kann genauso legitim sein, der Liebesbeziehung und der Familie – zeitweise oder dauernd – Vorrang vor dem beruflichen Engagement einzuräumen und deshalb auf die große Leistung oder auf die steile Karriere zu verzichten. Auch diese Prioritätensetzung hat also einen Verzicht zur Folge, und wenn er auch nicht so heroisch anmutet wie im ersten Fall, verlangt er doch unsere Achtung und Anerkennung. Viele Männer setzen diese Priorität und fahren damit gut, weil es ihren Vorstellungen vom Leben besser entspricht als sich für große Ideen oder Ziele zu engagieren. Es gibt hier keine »allgemeingültigen« Standards.

Wer sich aufgrund einer Aufgabe, die ihn ganz erfüllt, entschließt, kinderlos oder gar zölibatär zu bleiben, ja sich vielleicht sogar von Frau und Kindern um seines Engagements willen trennt, kann den Sinn seines Lebens genauso erfüllen wie jemand, der auf berufliche Ambitionen weitgehend verzichtet, um seiner Frau ein guter Partner und seinen Kindern ein präsenter Vater zu sein.

Zwischen diesen beiden Extremen – Verzicht auf Beziehung oder Verzicht auf die außerordentliche Leistung – gibt es freilich ein breites Spektrum von Zwischenstufen. Auch sie sind nicht ohne Verzicht zu haben, denn sie bedeuten, daß man mit Partnerin und Familie immer und immer wieder neue Kompromisse aushandeln muß, Kompromisse, in denen bald die Erfordernisse der beruflichen Aufgabe, bald die Bedürfnisse der Beziehungspersonen stärker zum Zuge kommen. Wichtig dabei ist, daß man die Mühe auf sich nimmt, die Dinge immer wieder neu zu verhandeln, immer wieder neu das Verhältnis von beruflichem und familiärem Engagement zu bestimmen und die Familienmitglieder, vor allem aber die Partnerin, dabei mitreden zu lassen und ihre Gesichtspunkte gelten zu lassen.

Wichtig scheint mir in jedem Fall zu sein, daß Männer es nicht vermeiden, immer wieder klare und ausdrückliche Entscheidungen zu fällen, statt halbbewußt in Situationen hineinzuschlittern, in denen dann scheinbar andere über sie bestimmen. Entscheidungen fällen heißt immer auch: verzichten. Wer sein ganzes Herz an die Aufgabe hängen will, muß in der Liebe Abstriche machen. Wer der Beziehung Vorrang einräumt, wird wahrscheinlich nicht die große Karriere schaffen. Schlimm wird es, wenn man alles zugleich haben will, denn das ist unmöglich. Schlimm ist es außerdem, wenn ich mich eigentlich – insgeheim – für den Beruf entschieden habe, meiner Frau gegenüber aber so tue, als gäbe ich der Beziehung den Vorrang. Ein ewiges Herum- und Herausgerede ist die Folge, Scheinargumente werden ins Feld geführt und Scheinversprechungen gemacht. Eine unwürdige Situation entsteht, in der der Mann zum kleinen Jungen wird, der draußen seine heimlichen Abenteuer mit den anderen Jungen sucht, und zu Hause – wie seiner Mutter gegenüber – Ausreden erfindet und herumlaviert.

**Innere Antreiber**

Sicher hat die Arbeitswut mancher Männer darin ihre Wurzel, daß sie in der beschriebenen Weise in ihrer Berufsrolle »hingerissen das Leben spielen, nicht an Beifall denkend«, um mit R. M. Rilke[8] zu sprechen, also ganz in der Größe und Wichtigkeit ihrer Aufgabe aufgehen. Sehr oft jedoch – ich vermute, in der Mehrzahl der Fälle – geht es beim männlichen Überarbeitungs-Syndrom um etwas ganz anderes. Und damit komme ich zu der anderen Möglichkeit, von der ich gesprochen habe. Es geht dann nicht um Faszination, nicht um »Hingerissen-Sein« von der Aufgabe, sondern um innere »Antreiber«[9], die aus seelischer Not erwachsen.

Wir sprechen von solchen »Antreibern«, wenn das Handeln von verinnerlichten Botschaften bestimmt wird, die mit der Aufgabe, um die es geht, inhaltlich nichts zu tun haben. Aus dem Brief Richards geht hervor, daß er in sich solche Antreiberbotschaften hört. Er nahm als kleiner Junge die unausgesprochenen Wünsche seiner Eltern auf, daß aus ihm etwas Besonderes werden sollte. Daraus machte er sich die innere Botschaft zu eigen: »Streng dich an, schaffe, was deine Eltern nicht erreicht haben, mach, was sie sich so sehr wünschen!« Und er setzte wahrscheinlich wie viele, die derartige Wünsche aufnehmen, innerlich hinzu: »...nur dann bist du in Ordnung, nur dann bist du etwas wert!« Dieses »Nur dann« wird hinzugefügt, weil für das Selbstwertgefühl des Kindes die Zufriedenheit der Eltern von grundlegender Bedeutung ist. Der kleine Richard spürt: Er kann seine unglücklichen Eltern zufrieden machen, wenn er besonders gut »funktioniert«. Der innere Antreiber wurde so ein Teil seiner Identität. Nur wenn er ihm entspricht, hat er den Eindruck, daß er in Ordnung ist und ein Lebensrecht hat.

Dieser Antreiber bestimmte das weitere Lebensprogramm:

»Du mußt Spitze sein, sonst bist du nichts!« Unter diesem Einfluß ging es ihm dann aber nicht um die Sache, nicht mehr um die Aufgabe, die zu lösen war. Die Motivation kam nicht mehr aus dem inneren Wert der Dinge, die zu tun waren. Um was es inhaltlich ging, wurde nebensächlich, denn es ging darum, die verlangte Leistung, das erwartete Ergebnis zu erzielen, um den eigenen Selbstwert zu retten, indem er so den vermeintlichen oder wirklichen Auftrag der Eltern erfüllte.

Unter dem Einfluß solcher Antreiber spielen Männer ihre Berufsrolle dann nicht mehr »hingerissen«, sondern unter Druck, und der »kleine Junge in ihnen« hofft sehr wohl auf Beifall, nämlich auf den Beifall seiner Eltern, den er oft so schmerzlich vermißt, wenn er ihre Erwartungen nicht erfüllt.

Antreiber haben nichts mit den »objektiven Notwendigkeiten« der Sachlage zu tun, sondern mit eigenen inneren Zwängen. Wir sehen das an Richard ganz deutlich. Er ist ein Aufsteiger, aber nicht einer, dem alles leicht von der Hand ginge oder den das Interesse an der Sache vorantriebe. Sein Ehrgeiz ist von der Angst gespeist, zu versagen und dann als Mann nichts mehr wert zu sein: *»Es ging mir ... nie um die Sache, es ging mir eigentlich immer nur darum, mich zu beweisen«*, schreibt er in der Rückschau und kommt in diesem Zusammenhang sogar zu der Vermutung, daß er deshalb vielleicht gar nicht gemerkt hat, wo seine eigentlichen Begabungen liegen.

Häufig hat ein solches Lebensprogramm mit einer Situation in der Herkunftsfamilie von Männern zu tun, die der von Richard ähnlich ist. Ich wundere mich oft darüber, wie sehr sich die Schicksale gleichen. Das kommt wohl daher, daß ihre Anfänge mehr oder weniger direkt in die deutsche Kriegs- und Nachkriegsgeschichte zurückreichen. Die totale Zerstörung im Krieg und der totale Wiederaufbau nach dem Krieg haben die folgenden Generationen mit solchen Antreibern ins Leben entlassen. Die Kinder sollten die unerfüllten Hoffnungen der Eltern erfüllen, sie sollten es einmal besser haben und es zu etwas bringen! Aus solchen und ähnlichen Konstellationen hat sich für viele heute Vierzig- bis Fünfzigjährige mit besonderer Dringlichkeit die Forderung ergeben, aus sich etwas ganz Besonderes zu machen, um das Leid und die Enttäuschung ihrer Eltern zu lindern. Sie sind immer noch die braven Söhne ihrer Eltern, denen sie es nicht noch schwerer machen wollen.

Das aber ist keine gute Motivation. Aus ihr heraus wurde und wird zwar vieles zustandegebracht, aber sie entspringt nicht einer inneren vitalen Kraft, und sie wird nicht durch die Sache, um die es geht, inspiriert. Obwohl sie tief aus der Seele kommt, bleibt sie dem Ursprung nach doch eine »äußere Motivation«, die nicht trägt und die zu viel Kraft kostet. Darum geht es vielen so, wie Richard es von sich berichtet:

*»Mich kostete alles schreckliche Mühe, nichts ging mir selbstverständlich von der Hand. Aber ich arbeitete wie ein Berserker, und der Erfolg blieb nicht aus.«*

Auch wenn der Erfolg nicht ausbleibt: Die Arbeit unter dem Einfluß von Antreibern wird zum seelischen Überlebenskampf. Darum verbraucht sie zu viel Energie und kommt somit notwendigerweise mit der Liebe in Konflikt. Hier nämlich fehlt, was dort zu viel investiert wird. Die Antreiber sind der Grund dafür, daß viele Männer, und gerade die tüchtigen, heute so häufig unter dem »burn-out-Syndrom« leiden. Ein ausgebrannter Mann ist aber weder als Partner attraktiv, noch kann er als Vater ein anziehendes Leitbild für seine Kinder darstellen.

## Moderne Jäger und Nomaden

Die Tendenz, daß Arbeit und Erfolg zum alles beherrschenden Anliegen im Leben des Mannes wird, verstärkt sich durch die Arbeitssituation in der heutigen Gesellschaft noch in besonderer Weise. Die meisten Männer arbeiten heutzutage außer Haus, fern von ihren privaten Beziehungen. Das war nicht immer so. Auf dem bäuerlichen Hof und im Handwerksbetrieb der vorindustriellen Gesellschaft gab es die Trennung von beruflichem und privatem Bereich nicht. Die industrielle Revolution aber erzwang das Auseinanderrücken beider Bereiche. Dies hatte für das Beziehungsleben gravierende Folgen. Denn dadurch, daß die meisten Männer seither den größten Teil des Tages außer Haus verbringen, wird ihre Blickrichtung und der Hauptstrom ihrer Energie nicht auf die

Familie, nicht auf die Paarbeziehung gerichtet, sondern auf ihre Arbeit.

Wie viel das ausmacht, konnte ich bei mir selber immer wieder feststellen. Ich arbeitete früher häufig auswärts auf Kursen und war dann mehrere Tage unterwegs. Wenn ich dann nach Hause kam, gab es häufig Krach mit meiner Frau. »Du benimmst dich wie ein Pascha«, warf sie mir vor, und sie hatte recht, weil ich alle Hausarbeit wie selbstverständlich ihr überließ. Es war aber nicht böser Wille. Ich war einfach mit meiner Aufmerksamkeit woanders. Wenn ich dann wieder einige Zeit am Stück zu Hause war, fing ich genauso selbstverständlich an, die Dinge des täglichen Lebens wieder deutlicher wahr- und selber in die Hand zu nehmen. Somit kann ich Männer, die zu Hause alles den Frauen überlassen, ganz gut verstehen. Ihre Aufmerksamkeit ist draußen, im Beruf. Dort sind sie eigentlich »zu Hause«, dort verbringen sie die meiste Zeit, dort wird die meiste Energie von ihnen gefordert, und dort wissen sie um alles Bescheid. In der Familie sind sie oft »Fremde«, die nicht Bescheid wissen und den Bezug zu den Dingen des täglichen Lebens ihrer Familie nicht aufrechtzuerhalten vermögen.

Was sind die Folgen für die Beziehung? Wenn der Mann ermattet und bedürftig nach Hause kommt, wünscht er sich, daß er ausruhen kann und von der Frau liebevoll umsorgt wird. Unsere heutige mobile Gesellschaft trägt in dieser Hinsicht immer deutlicher Züge früherer Nomaden- und Jägerkulturen. Von der Agrarkultur der vorindustriellen Zeit, in der Mann und Frau zu etwa gleichen Teilen für die Familie und in der Familie arbeiteten, entfernen wir uns immer weiter. Typisch für die Jäger- und Nomadenkultur dagegen ist, daß die Männer hinausziehen, jagen oder ihre Stammesfehden austragen, dann mit Beute und Trophäen nach Hause kommen, wo sie von den Frauen, die sich inzwischen um das Herdfeuer gekümmert haben, mit Begeisterung als Helden empfangen und mit Essen und Liebe verwöhnt werden... Daß es ähnlich auch heute laufen sollte, – ist das nicht der geheime Wunschtraum des Mannes? Solche Erwartungen sind nicht die individuelle Marotte des einzelnen. Sie hängen vielmehr mit den Strukturen und Gegebenheiten unserer industriellen und nachindustriellen Gesellschaft zusammen.

Unter den Bedingungen dieser Gesellschaft ist es tatsächlich sehr schwierig, das heutige Beziehungsideal der Gleichwertigkeit von Mann und Frau zu verwirklichen. Hier zeigt sich eine eigenartige Diskrepanz: Dieses unser Beziehungsideal paßt in keiner Weise zu den Gegebenheiten der Arbeitswelt. Der Mann, der gezwungen ist, täglich als »Jäger und Nomade« loszuziehen und nach der Beute seines Lebensunterhalts zu jagen, hat – oft gegen sein bewußtes Wollen – verständlicherweise den geheimen Wunsch, daß die Frau die entsprechende Rolle als »Hüterin des Herdes« übernimmt. Er möchte, wenn er vom Kampf draußen zurückkehrt, von ihr liebevoll empfangen, bewundert und umsorgt werden, um sich wieder zu regenerieren und anderntags zu neuen Heldentaten aufzumachen.

Solche Wünsche und Vorstellungen wagen freilich die meisten Männer heute nicht mehr laut auszusprechen. Noch vor hundert Jahren hatten ihre Geschlechtsgenossen da weniger Hemmungen. Der große Komponist Gustav Mahler (1860–1911) schrieb kurz vor der Vermählung an seine Braut, Alma Mahler-Werfel, die selbst eine begabte Komponistin war:

»Du hast von nun an nur einen Beruf: mich glücklich zu machen! Die Rollen müssen richtig aufgeteilt sein. Und da fällt die Rolle des ›Componisten‹, des ›Arbeitens‹ mir zu – und Dir die des liebenden Gefährten, des verstehenden Kameraden! Du mußt Dich mir bedingungslos zu Eigen geben – die Gestaltung Deines zukünftigen Lebens in allen Einzelheiten innerlich von meinen Bedürfnissen abhängig machen und nichts dafür wünschen als meine Liebe!«[10]

So offen wagen Männer das heute nicht mehr auszusprechen, aber ein Sehnsuchtsbild ist es nach wie vor, und ihr Verhalten wird davon häufig noch stark bestimmt. Vor einiger Zeit habe ich mit einem jungen, kinderlosen, zu gleichen Teilen berufstätigen und auf der bewußten Ebene ganz und gar alternativ eingestellten Paar gearbeitet. Die Frau berichtete: »Ich bin für Jens so etwas wie sein Flugzeugträger. Von da aus startet er zu seinen Aufklärungs- und Kampfflügen, und wenn er vom Einsatz zurückkehrt, erwartet er selbstverständlich, daß ich für ihn bereit bin, damit er sicher landen kann.«

Das Problem für die Männer ist freilich, daß es immer weniger Frauen gibt, die bereit sind, die Rolle der Jäger- und Nomadenfrau oder des »Flugzeugträgers« noch weiter mitzuspielen. Schon bei Frauen, die nicht berufstätig sind und zu Hause bei den Kindern bleiben, funktioniert es nicht mehr, wie wir bei Elke und Richard gesehen haben. Frauen empfinden die Mühe und Last, die es bedeutet, Hausfrau und Mutter zu sein, nicht mehr als selbstverständliches Schicksal, sondern sie möchten von ihren Männern dafür anerkannt werden, und sie möchten auch ihrerseits klagen dürfen und deren offenes Ohr dafür finden. Wenn sie dazu noch berufstätig sind, paßt das alte Muster schon gar nicht mehr. Dann haben sie oft auch dieselben Ansprüche, weil sie ausgelaugt sind oder bewundert werden möchten wie ihre Männer. Wie man mit dieser Situation konstruktiv umgehen kann, darauf komme ich weiter unten noch zurück.

**Beruf verleiht Macht**

Zu allem Gesagten kommt noch ein Umstand hinzu, der das Problem keineswegs einfacher macht. Beruf und beruflicher Erfolg schaffen Macht und Ansehen. Seit jeher hat in menschlichen Beziehungsgefügen derjenige, der für die Existenzgrundlage sorgt, hierarchisch die Spitzenstellung inne. Die Trennung von Berufs- und Familienarbeit in der Industriegesellschaft brachte es mit sich, daß die Männer allein für die Sicherung der Existenz in der Berufsarbeit zuständig wurden, während den Frauen die zwar wichtige, aber nicht existenzerhaltende »Beziehungsarbeit« innerhalb der Familie zufiel. Dies hatte nicht nur die bereits erwähnte Rollen-Polarisierung der Geschlechter zur Folge, es bedeutete auch, daß das hierarchische Gefälle von den Männern zu den Frauen noch steiler wurde als es von der patriarchalen Tradition unserer abendländischen Geschichte her ohnehin bereits war. Nach außen hin fiel dem Mann nun eindeutig die oberste Position zu. Allerdings bildete sich – wohl als eine Art Ausgleich – im Binnenraum der Familie gerade die umgekehrte hierarchische Struktur: Hier »waltete die tüchtige Hausfrau«, hielt alle Fäden in der Hand und unterwarf alles, auch den Mann, ihrem mehr oder weniger sanften Regiment. So entstand »hinter«

dem offiziellen Patriarchat oft ein inoffizielles häusliches Matriarchat.

Auf diesem Weg kristallisierte sich ein in sich recht gegensätzliches Beziehungsverständnis heraus, das noch heute das Verhalten von vielen Männern bestimmt, weil sie es durch entsprechende lebensgeschichtliche Erfahrungen aus ihren Herkunftsfamilien weitertragen. Dieses Beziehungsverständnis kommt in zwei sehr gegensätzlichen, aber weit verbreiteten inneren Bildern zum Ausdruck: Das eine Bild von Beziehung, das Männer in sich tragen, ist der starke, strahlende Held, der von der Prinzessin-Frau bewundert und angehimmelt wird. Das andere Bild ist der müde, abgekämpfte Held, der von der Mutter-Frau mit Wärme und Fürsorge umhegt und wieder aufgebaut wird. Im ersten Fall ist der Mann der Große und die Frau die Kleine, wie es dem offiziellen Patriarchat entspricht, im zweiten Fall ist es umgekehrt – entsprechend dem inoffiziellen Matriarchat vergangener Generationen. In keinem Fall aber stehen sich die beiden als ebenbürtige Partner gegenüber!

Dies hat aber für die Liebe zwischen den Geschlechtern erhebliche Folgen. Denn beide Bilder stellen eine asymmetrische Oben-unten-Beziehung dar, ein Machtgefälle zwischen Männern und Frauen, einmal in die eine, dann wieder in die andere Richtung. Mit dieser wechselseitigen Asymmetrie in der Beziehung ist aber bei den Männern sehr oft die Möglichkeit erotischen und sexuellen Erlebens gekoppelt. Sie können Erotik und Sexualität erleben, wenn sie die fraglos Großen einer mädchenhaften, anschmiegsamen Frau gegenüber sind. Und sie können Erotik und Sexualität erleben, wenn sie damit von der Frau mütterlich versorgt werden, ähnlich dem Baby, dem die Mutter die Brust gibt. Aber mit einer gleich starken, gleich kompetenten, gleich erfolgreichen oder sogar überlegenen Frau? In einem kurzen Abenteuer, ja, aber in einer Dauerbeziehung? Geht es ihnen da nicht oft genauso, wie es Richard in seinem Brief beschreibt:

*»Diese tüchtige Frau, die alle Fäden in der Hand hat, jetzt auch noch beruflich erfolgreich ist, nach der ich – aus der Distanz – auch immer wieder Sehnsucht verspüre: wenn sie mir nahekommt, ist bei mir alles aus. Oft sehne ich mich im*

*Stillen tatsächlich nach so einer kleinen Anschmiegsamen, die zu mir aufschaut, die mich toll findet und mich braucht.«*

Wahrscheinlich haben die zahlreichen Impotenzprobleme, mit denen Ärzte und Sexualtherapeuten in den letzten Jahren immer häufiger konfrontiert werden[11], hier eine wesentliche Ursache. Intensive, leidenschaftliche Liebe ist für Männer oft an diese beiden asymmetrischen Beziehungsbilder gekoppelt. In beiden Bildern sind sie in ihrer Person in keiner Weise in Frage gestellt. So wie die Mutter auf das Baby, stellt sich die Mutter-Frau ganz und gar auf den bedürftigen Mann ein. Und zum großen, starken Helden schaut die Kind-Frau bewundernd und ohne kritische Anfragen auf! In dieser ungefährdeten Situation funktioniert dann auch seine Potenz. Aber wenn nun die Frau sich nicht mehr (nur) als Mutter- oder Kind-Frau versteht, sondern als eine gleich starke, gleichwertige Partnerin, ist die Situation viel offener und darum auch riskanter, was leicht auf eine Potenzstörung hinauslaufen kann, wenn das Selbstbewußtsein des Mannes durch gegenwärtige oder vergangene Erfahrungen auch sonst in Frage gestellt ist.

Ich zweifle nicht daran, daß hier auch eine Ursache dafür liegt, daß sexueller Mißbrauch von Kindern so erschreckend häufig vorkommt. Dem kleinen Mädchen gegenüber kann man sich leicht stark und mächtig fühlen, und so kann hier – und vielleicht nur hier – die Potenz ausgelebt werden.

Dabei ist es nun keineswegs so, daß starke und kompetente Frauen »von Natur aus« für Männer unattraktiv wären. Immer wieder ist festzustellen, daß Männer um die Lebensmitte mit attraktiven und tüchtigen Berufsfrauen leidenschaftliche Affären haben, während die Frau zu Hause, die sich um Haushalt und Kinder kümmert, keine Anziehungskraft mehr für sie hat. Der entscheidende Punkt dabei scheint zu sein: Solange es nicht um die Frage einer festen Bindung geht, ist Leidenschaft auch mit der »starken Frau« möglich. Die »ungebundene Amazone« ist sexuell sogar sehr attraktiv. Bei der Amazone allerdings, an die man sich eventuell binden soll, wird die Sache oft anders. Sie wird als bedrohlich erlebt und blockiert die sexuelle Potenz. Dies ist ja gerade mit ein Grund, daß es mit der »Frau zu Hause« nicht mehr geht.

Häufig dürfte dies mit der Beziehung des Mannes zu seiner Mutter zu tun haben. In der Angst vor der starken Frau, an die man gebunden ist, äußert sich die ungelöste Bindung an eine übermächtige Mutter, der gegenüber man innerlich fast instinktiv auf Abwehr schaltet, so daß die Gefühle überhaupt, und natürlich auch die sexuellen, blockiert werden. Auch bei Richard scheint es diesen Zusammenhang zu geben. Auch wenn er seine Mutter leidend erlebte, war sie für ihn, den kleinen Jungen, doch die Große, und seine Bindung an sie wurde im Verhältnis zu Elke, je stärker diese in der Beziehung wurde, um so mehr aktiviert und damit auch die entsprechende gefühlsmäßige Blockade.

**Was ist zu tun?**

Warum Richard und die vielen Männer, denen es ähnlich wie ihm geht, auf ihrem »Heldenweg« die Frauen eher verlieren als gewinnen, mag durch die vorausgehenden Analysen nun etwas deutlicher geworden sein. Was aber ist in dieser Situation zu tun, um dem Lauf der Dinge eine andere Wendung zu geben? Dazu im folgenden einige Überlegungen.

1. Der erste Schritt auf dem Weg der Auseinandersetzung mit der geschilderten Problematik ist für Männer zweifellos die »Wendung nach innen«. Besonders dringend scheint mir zu sein, daß Männer den Stellenwert, den Arbeit, Leistung und Erfolg in ihrem Leben haben, zu reflektieren beginnen. Die entscheidende Frage ist hier: Wo werde ich in meiner Arbeit von echtem Leistungswillen und von echter Faszination an der Sache bestimmt, und wo stehe ich unter einem inneren Antreiber, der mir zuflüstert: »Du mußt dich anstrengen, du mußt perfekt sein, du mußt es allen recht machen, sonst bist du nichts wert«?

Wir müssen uns darüber im klaren sein: Solange das Arbeitsverhalten von diesen Antreibern dominiert wird, nützen äußere Maßnahmen zur Einschränkung der Überarbeitung und korrigierende Prioritätensetzungen (»Ich will ab morgen früher nach Hause kommen und täglich mit den Kindern lernen«) wenig. Die innere Dynamik der Antreiber (»Du bist nur etwas wert, wenn du...«) wird die Oberhand behalten. Der gute

Mann wird nach zwei Wochen wieder erst zu Hause sein, wenn die Kinder, mit denen er lernen wollte, schon lange im Bett sind. Das bedeutet: Er muß zuerst seinen Antreibern, wie sie aus dem Zusammenspiel der eigenen Herkunftsfamilie erwachsen sind, auf die Spur kommen, dann wird er sich tiefer verstehen und dann die richtigen Maßnahmen finden, die auch wirklich greifen.

Das allein aber genügt noch keineswegs. Entscheidend in diesem Zusammenhang ist, daß Männer sich über ihre Prioritäten und damit über ihr tragendes Lebenskonzept klar werden und sich verantwortungsvoll um einen Ausgleich der Bedürfnisse bemühen. Auf der einen Seite steht das Bedürfnis nach Selbstverwirklichung in der Arbeit und auf der anderen Seite das Bedürfnis nach Selbstverwirklichung in den Beziehungen. Auf der einen Seite steht mein Ich in seiner Individualität, auf der anderen Seite steht mein Ich als Teil eines Beziehungsgefüges. Zu meinem Leben gehört die Leistung, aber zu meinem Leben gehören auch meine Partnerin und meine Kinder. Die Kunst besteht darin, aus meinem Leben ein Ganzes zu machen, und das heißt: meine beruflichen und meine privaten Rollen so aufeinander abzustimmen, daß sie einigermaßen »zusammenstimmen«.[12]

Dabei ist in der konkreten Ausgestaltung fast alles denkbar: Man kann zu dem Schluß kommen, mehr zurückzustecken, dieses und jenes Stellenangebot nicht mehr anzunehmen, eine Führungsposition nicht anzustreben oder – wenn sie angeboten wird – auszuschlagen. Mann kann sich sogar zurückstufen lassen, weil man sich überfordert fühlt oder die Arbeit nicht mehr zur eigenen Lebenssituation paßt. Man kann aber auch in die andere Richtung gehen und die Entscheidung treffen, jedenfalls für eine gewisse Zeit, aufgrund der Wichtigkeit der Aufgabe oder beispielsweise auch aus finanziellen Gründen, alle verfügbaren Kräfte in die Arbeit zu stecken und die Beziehung tatsächlich an die zweite Stelle zu setzen. Und man kann sich schließlich für eine Kompromißlösung entscheiden, die irgendwo auf der Skala zwischen diesen beiden Polen liegt. Wichtig dabei sind aber immer drei Dinge:

Erstens die Bewußtheit der Entscheidung. Sie ist dann gegeben, wenn wir die Regisseure unseres Handelns bleiben und nicht zu Spielern in einem Stück werden wollen, auf dessen Gestaltung wir keinen Einfluß nehmen.

Zweitens ist es nötig, sich darüber im klaren zu sein, daß solche Entscheidungen nie ein für allemal gefällt werden können, sondern immer wieder erneuert, revidiert, geändert werden müssen. Immer wieder ist es nötig, sich zu fragen: Stimmt das Verhältnis von Arbeit und Privatleben in dieser Weise noch? Entspricht es meinen Wünschen, entspricht es den Bedürfnissen derer, die mir anvertraut sind? Und immer wieder muß entsprechend der Antwort das Verhältnis neu bestimmt und gestaltet werden.

Das dritte Wichtige ist die Absprache mit der Partnerin. Wie schon gesagt, müssen die Dinge immer wieder neu verhandelt werden. Die Partnerin mit ihren Gesichtspunkten und Anliegen muß mitreden können, dann kann sie auch Entscheidungen mittragen, die ihr Verzicht abverlangen.

Häufig ist es bei solchen Absprachen nützlich, zeitliche Dimensionen festzulegen: »Ich werde in den nächsten drei Wochen etwa eine Stunde später nach Hause kommen.« Der überschaubare Zeitraum – sofern er eingehalten wird – macht vorübergehende Einschränkungen viel leichter erträglich. Außerdem kann es hilfreich sein, Kompensationen anzubieten, zum Beispiel: »Ich habe dir jetzt viel an Verzicht abverlangt. Ich lade dich dafür am Soundsovielten zu einem gemeinsamen Wochenende ein – und die Kinder übernimmt in dieser Zeit meine Mutter. Ich habe bereits ihr Einverständnis.« Schließlich hat es sich in der Praxis bewährt (und oft auch als notwendig herausgestellt), daß Männer bestimmte Zeiten für das Privatleben im Terminkalender eintragen. Immer wieder ist zu beobachten, daß auch Vielbeschäftigte es ohne weiteres schaffen, an gewissen Tagen der Woche regelmäßig frühzeitig zu Hause zu sein, wenn sie sich dies als Termin genauso verpflichtend in den Kalender eintragen wie die Besprechung bei ihrem Chef.

Wenn ich einen solchen Vorschlag mache, sind viele entrüstet: »Aber man kann doch nicht alles, nicht auch noch das Privatleben verplanen! Da geht doch die ganze Spontaneität kaputt!« Hier erwidere ich: Und was geschieht »spontan«? Meistens, daß die Arbeit Vorrang erhält und das Privatleben zu kurz kommt! So sehr der Terminkalender zum Quälgeist werden kann, er kann uns vor solcher Art von »Spontaneität« auch schützen und uns unseren Freiraum sichern helfen.

Gegenüber dem so häufig feststellbaren halbbewußten »Funktionieren«, das durch äußere und innere Anforderungen (Antreiber) in Gang gehalten wird, müssen wir selbst unser Leben in der Hand behalten und dürfen uns nicht hinter angeblichen äußeren Notwendigkeiten verstecken, denen gegenüber wir machtlos zu sein scheinen. Meistens geht viel mehr als es zunächst von der Lage der Dinge her scheint. Der innere Antreiber, es allen recht machen zu müssen und auch dem Chef gegenüber »der brave Sohn« zu sein, bewirkt viel mehr an unnötigem, manchmal völlig sinnlosem Berufsengagement, als wir es auf den ersten Blick wahrhaben möchten. Ich glaube, daß für den heutigen Helden hier der eigentliche Drachenkampf, die entscheidende Bewährungsprobe auf seinem Weg zu bestehen ist: daß er sich von inneren und äußeren »Notwendigkeiten« nicht endlos zu unnützen und sinnlosen »Heldentaten« jagen läßt, sondern sich und anderen klare Grenzen setzt sowie klar mitteilt, was seine Möglichkeiten sind und wo er nicht mehr mitzumachen bereit ist. Natürlich ist das nicht einfach. Es verlangt Mut und die kommunikative Kompetenz, sich eindeutig zu erklären und angemessen abzugrenzen. Wenn diese aber entwickelt werden, erlebe ich immer wieder, daß Vorgesetzte viel mehr zu akzeptieren bereit sind als es dem Mann, der es allen recht machen »muß«, die Angst vorgaukelt.

2. Die zweite Frage, die Männer sich bei ihrer »Innenschau« stellen sollten, lautet: Wie weit entspricht das Beziehungsmuster des Jägers und Nomaden auch meinem inneren Bild der Beziehung zwischen Mann und Frau? Erst wenn ich mir dessen bewußt geworden bin, bekomme ich eine Chance, korrigierend einzugreifen. Hier wie auch sonst erweist es sich als erschwerend, daß die Beziehungsideale der heutigen Zeit, die täglich durch Literatur und Medien propagiert werden, solch archaischen Bildern diametral widersprechen. Die modernen Ideale haben wir im Kopf – da beschäftigen sie unsere Gedanken, die archaischen Bilder aber sitzen tief im Bauch – von da aus steuern sie unser Verhalten! Wer möchte sich das aber als moderner Mensch schon gerne eingestehen? Im Lichte der

modernen Beziehungsideale erscheinen jene Jäger und Nomaden doch als moralisch äußerst minderwertig. Ich sehe nicht gut aus, wenn ich eingestehen muß, in meinem Beziehungsverhalten davon bestimmt zu sein.

Dem gegenüber ist zu betonen: Wenn Männer die Beziehungskultur der Jäger und Nomaden in sich entdecken, sollten sie zuallererst Verständnis mit sich selber haben. Es sind uralte Bilder, die da in ihnen auftauchen, und ihre Wirkkraft wird nicht nur durch das genährt, was durch Jahrhunderte galt und was die meisten Männer in ihren Herkunftsfamilien erlebt haben, sondern auch durch das, was die moderne Industrie- und Nachindustrie-Gesellschaft täglich von ihnen an Lebensweise verlangt oder wenigstens nahelegt. Davon bestimmt und beeinflußt zu sein, ist nicht ehrenrührig, sondern ein gemeinsames männliches Schicksal. Sich davon zu lösen und auf den Weg zu etwas Neuem zu machen, das nicht nur aus dem Kopf, sondern auch aus dem Bauch kommt, ist wahrlich nicht einfach, sondern eine Lebensaufgabe.

Es ist außerdem – und das ist an dieser Stelle sogleich hinzuzufügen – völlig in Ordnung, die Bedürfnisse, die in diesem »alten« Beziehungsbild angesprochen sind, das Bedürfnis, von der Frau bewundert zu werden, und das Bedürfnis, von der Frau versorgt zu werden, zu akzeptieren, ja diese Bedürfnisse sogar auszuleben, auch in der Partnerbeziehung. Sicher handelt es sich dabei um kindliche Bedürfnisse. Bewundernd gespiegelt und liebevoll versorgt zu werden, das ist das Elementarste, das Kinder von den Eltern brauchen, um gesund aufzuwachsen. Nun sind wir freilich keine Kinder mehr. Aber das Kindsein ist auch nicht einfach aus uns verschwunden. Den »kleinen Jungen in uns« gibt es noch immer[13], er ist auch heute noch lebendig, und er wünscht sich auch heute noch Bewunderung und Versorgung, gerade auch von jenem Menschen, der uns nach Mutter und Vater am nächsten steht, nämlich von unserer Partnerin. Wie können wir damit umgehen, damit daraus nicht mit Notwendigkeit der Konflikt wird, von dem wir eben gesprochen haben? Dazu zwei Hinweise:

Wenn Männer – zum Beispiel nach einem sehr anstrengenden und zugleich erfolgreichen Tag – das Bedürfnis nach Bewunderung und Versorgung spüren, ist es gut, wenn sie ganz offen damit umgehen. Zum Beispiel kann ich das meiner Partnerin sagen und dann mit ihr vereinbaren, daß sie mich ein Zeitlang für eine bestimmte Tat oder Leistung »hemmungslos« bewundert oder – je nach Bedürfnislage – wegen meiner Erschöpfung grenzenlos rundum versorgt. So damit umzugehen hat zwei Vorteile: Erstens können die entsprechenden Bedürfnisse dann tatsächlich erfüllt werden, und zweitens kommt dadurch etwas Spielerisches in unseren Umgang miteinander, ein Schuß Humor, der eine gewisse ironische Distanz herstellt und dem Ganzen Leichtigkeit verleiht. Ich kann zum Beispiel in bewußt kindlichem Tonfall sagen: »Du, ich bin heute gaaanz schrecklich arm und ausgepumpt, ich brauche es, daß du mich eine Viertelstunde lang nur in den Arm nimmst und wiegst!« Oder: »Ich habe das heute ganz super gemacht, setz dich zu mir, ich muß dir erzählen, was für ein toller Kerl ich heute war!« Wir können dabei über uns selbst und unsere Bedürftigkeit lachen – und haben dann meist viel früher genug von Bewunderung und Versorgung als wir es befürchten, wenn wir derartige Bedürfnisse immer nur zurückhalten, weil sie uns so »kindlich« vorkommen.

Da ich die Frauen unter meinen Leserinnen nun schon protestieren höre: »Und was ist mit uns?!«, füge ich ganz schnell den zweiten Hinweis hinzu, damit der Umgang mit den Bedürfnissen nach Bewunderung und Versorgung für die Beziehung nicht zum Desaster wird: Die Sache kann nur gelingen, wenn der Vorgang auch umkehrbar ist. Auch meine Partnerin soll sich erlauben dürfen, ihre Bedürfnisse nach Bewunderung und Versorgung ungeschminkt zu äußern und mit meiner Hilfe »hemmungslos« auszuleben. Das heißt: Nun übernimmt der Mann die Rolle des Bewunderers und Versorgers. Dieses Wechselspiel verhindert das Entstehen jener einseitig asymmetrischen Beziehungsstruktur, von der wir gesprochen haben. Es gibt dann in der Beziehung nicht nur die Prinzessin, die den Helden bewundert, sondern auch den Minnesänger, der die »hehre Fraue« besingt, und es gibt nicht mehr nur die versorgende Mutter für den kleinen Jungen, sondern auch den fürsorglichen Vater für das bedürftige Mädchen. Eine solche »Bevölkerung« unserer Beziehungen macht sie vielfältig und lebendig. Und sie stiftet Ebenbürtigkeit. Ebenbürtig sein heißt ja nicht, sich immer nur gleich stark gegenüberzustehen. Vielmehr heißt es, daß die Positionen wechseln können: Der Bewunderte muß selber zum Bewunderer werden können und der Versorgte selber zum Versorger.

Können Männer das, ihre Frauen mütterlich-väterlich versorgen? Und können sie das, ihre Frauen bedingungslos bewundern, und zwar auch für deren Stärke, Kompetenz, Autonomie, Erfolg? Mir ist aus einer Paargruppe noch die Klage einer Frau über ihren Mann in Erinnerung: »Immer bist du der bessere, immer berichtest du von deinen Großtaten. Und wenn ich einmal von mir zu erzählen beginne, dann gähnst du und schläfst neben mir ein!!«

3. Ein weiterer wichtiger Punkt in diesem Zusammenhang von Arbeit, Beruf und Beziehungsmuster ist der folgende: Ebenso nötig wie die Reflexion unseres Arbeitsverständnisses und unserer unbewußten Beziehungskonzepte ist auch die Reflexion unseres Frauenbildes. Gibt es auch in meiner Seele nur die beiden Variationen: die versorgende Mutter-Frau und die anschmiegsame Kind-Frau? Wenn das so ist, dann hängt dies neben meiner Befangenheit in traditionellen Geschlechterrollen vermutlich auch noch mit einer nicht geklärten Beziehung zu meiner Mutter zusammen. Ich stehe dann innerlich, was meine Beziehungsfähigkeit angeht, noch an der Stelle des Heranwachsenden, der auf der einen Seite die Mutter noch braucht, damit sie ihn versorgt, auf der anderen Seite sich nach dem Mädchen sehnt, das ihm helfen soll, sich von der Mutter zu lösen. Das doppelgesichtige Frauenbild zeigt also eine Situation noch fortdauernder seelischer Unselbständigkeit und Gebundenheit. Ich muß innerlich noch einen Schritt der Lösung von meiner Mutter tun, sonst besteht die Gefahr, daß mein Frauenbild in dieser Spaltung fixiert bleibt und ich jede Partnerin mal in die eine, mal in die andere Rolle schiebe und damit vermeide, als erwachsener Mann einer erwachsenen Frau zu begegnen.

Es gibt ein eindeutiges Kriterium, das anzeigt, ob ich meiner Frau als einer ebenbürtigen Partnerin gegenübertrete oder nicht. Man kann es in der Frage formulieren: Gibt es in unserer Beziehung Wechselseitigkeit oder gibt es nur Einseitigkeiten? Ich habe bereits davon gesprochen. Wechselseitigkeit meint: Jeder von uns beiden darf stark und schwach sein. Einmal ist der eine, dann der andere in der starken, dann wieder in der schwachen Position. Einmal hilft der eine und der andere ist hilfsbedürftig, dann wieder umgekehrt. Einmal gibt der eine den Ton an, dann wieder der andere. Einmal versorgt die Frau den Mann, dann wieder der Mann die Frau, einmal tröstet sie ihn, dann wieder er sie und so weiter. Einseitigkeit dagegen bedeutet, daß zum Beispiel der Wissende immer nur er ist, die Tröstende immer nur sie, der Bestimmende immer nur er, die Versorgende immer nur sie und so weiter. So werden jene starren Oben-unten-Beziehungen etabliert, in denen sich die Positionen von Frau und Mann polarisieren, was nicht selten zu einem versteckten oder offenen, immer aber destruktiven Machtkampf der Geschlechter führt. Solche Machtkampfbeziehungen aber töten die Liebe, denn Liebe zwischen Mann und Frau braucht Ebenbürtigkeit, und Oben-unten-Beziehungen sind das Gegenteil davon.

Kapitel 3

# Männliche Beziehungsgestaltung

*Ich wollte und konnte nicht sprechen... Also begann ich abzuschalten, mich zurückzuziehen, oder sie – wenn sie keine Ruhe gab – mit naturwissenschaftlichen Argumenten mundtot zu machen...*

Wir haben im vorigen Kapitel gesagt, daß Männer dazu neigen, die Beziehung zur Partnerin gegenüber den beruflichen Leistungsanforderungen zukurzkommen zu lassen. Dazu kommt ein zusätzliches Problem, daß sie nämlich auch in der Beziehung selbst in der Regel andere Vorstellungen, Einstellungen und Vorlieben haben als ihre Partnerinnen. Dem wollen wir uns jetzt zuwenden, es analysieren und fragen, welche Konsequenzen sich daraus für die Beziehungsgestaltung ergeben.[14]

## Beziehung – für Männer »Luft«?

Vielen Frauen erscheinen die Männer als »Beziehungsbarbaren«: »Ich kann nicht mit ihm reden«, »Es ist nichts aus ihm herauszubekommen.« In solchen und ähnlichen Klagen zeigt sich, daß für Frauen in der Beziehungsgestaltung das Gespräch zentral wichtig ist, und zwar nicht irgendein Gespräch, nicht das Gespräch über äußere Dinge, über Sachthemen, sondern das Gespräch über »Inneres« und »Zwischenmenschliches«, also das Gespräch über Gefühle, Gestimmtheiten und über die Beziehung selbst. Frauen haben in der Regel ein großes Bedürfnis, die Beziehung selbst zum Thema zu machen: »Laß uns doch mal über uns reden!«- »Ich möchte mal wissen, was derzeit so in dir vorgeht!« – »Wie hast du mich eigentlich gestern abend im Gespräch mit den Freunden erlebt?« Derartige Fragen und Aufforderungen sind für viele Männer leider ein rotes Tuch. »Wie soll ich dich schon erlebt haben?« – »Was soll schon in mir vorgehen?« Solche und ähnliche Reaktionen signalisieren den männlichen Widerwillen dagegen.

Bei vielen Frauen entsteht dadurch der Eindruck, die private Beziehung sei für Männer überhaupt nicht wichtig. Sie könnten gut auch »ohne«. Ist das aber wirklich so? Keineswegs. Die Betroffenheit Richards über seine Beziehungsmisere ist nahezu aus jeder Zeile seines Briefes spürbar, und ich erlebe ähnliches immer wieder bei Männern, die in Beziehungskrisen geraten sind. Sie sind zutiefst erschüttert, tiefer oft als Frauen in einer ähnlichen Situation. Man bekommt sogar den Eindruck, daß Frauen auf die Beziehung zu ihren Männern weniger existentiell angewiesen sind als es bei den Männern hinsichtlich ihrer Frauen der Fall ist. Eine unmittelbar drohende oder vollzogene Trennung scheint dem Mann den Boden unter den Füßen wegzuziehen, und nicht selten ist die dadurch erfahrene Bedrohung so groß, daß er entweder in tiefe Depression versinkt – oder aber zur Gewalt greift. Fast jede Woche ist in der Zeitung eine Notiz zu lesen, daß ein verlassener Mann seine Frau – und oft sich selbst dazu – umgebracht hat. Und trotzdem: Obwohl die Beziehung für Männer existentiell so wichtig ist, steht sie in deren Bewußtsein weniger deutlich im Vordergrund als bei den Frauen.

Frauen sagen manchmal: »Ich scheine für ihn Luft zu sein!« Oder: »Die Beziehung ist für ihn Luft!« Tatsächlich verhält es sich bei Männern mit Beziehungen wie mit der Luft zum Atmen. Sie ist für sie lebensnotwendig, aber unter normalen Umständen achten sie nicht auf ihre Existenz. Die Luft ist einfach da. So ist auch die Beziehung für sie »einfach da«. Einen Grund, darüber auch noch eigens zu reden, sehen sie schwer ein. Das ist für Frauen ganz anders. Für Frauen stehen Beziehungen viel mehr im Vordergrund des Bewußtseins, und darum wollen sie auch darüber reden. Dagegen ist Männern wichtiger, miteinander Dinge zu tun, miteinander »Sex zu haben« oder auch miteinander zu arbeiten. Wenn das klappt, wenn man miteinander etwas zustande bringt, sind sie zufrieden, manchmal sogar glücklich, auch wenn kein einziges Wort dabei gefallen ist.

Für die Frau hat eine gemeinsame Unternehmung, eine gemeinsame Arbeit an sich oft noch gar nichts mit der Beziehung zu tun. Für sie muß dazukommen, daß er sie zum Beispiel in den Arm nimmt und sagt: »Wie schön, daß wir hier so zusammen sein können!« Oder: »Ich finde das toll, wie du mich da unterstützt!« Erst durch solches Aussprechen und Ansprechen wird für die Frau das gemeinsame Tun und das gemeinsame Erleben zu einer Beziehungswirklichkeit. Für Männer dagegen läuft die Beziehung eher »mit«. Sie können zum Beispiel intensiv mit anderen wandern, spielen, Sport treiben und sind davon erfüllt und begeistert. Aber darüber fällt kein einziges Wort. Für sie ereignet sich darin Beziehung. Extra noch darüber zu reden, das erleben sie als überflüssig und eher peinlich.

Für den Mann steht das Tun in der Beziehung im Vordergrund, und zwar manchmal so sehr, daß es gar kein gemeinsames Tun sein muß, und es hat dennoch für ihn eine wichtige Beziehungsbedeutung. Damit hängt ein Konflikt zusammen, der in Paartherapien häufig genannt wird: Wenn der Mann arbeiten geht und sich anstrengt, um gutes Geld zu verdienen, meint er, daß er damit allein schon etwas Wichtiges für die Beziehung tue. Gewiß ist das manchmal auch eine Alibi-Behauptung, aber nicht immer, oft ist es ganz ehrlich gemeint und aufrichtig empfunden: »Wenn ich arbeiten gehe und mich anstrenge, tue ich das für Frau und Kinder!« Für die Frau ist das etwas anders. Auch wenn sie theoretisch einsehen kann, daß der Mann mit seiner Berufsarbeit wesentlich zur existentiellen Grundlage des Zusammenlebens beiträgt, ist in ihrem Erleben damit noch nichts für die Beziehung als solche getan. Männer wissen darum oft nicht, »was sie alles noch tun sollen«, weil die Frau ja ohnehin »nie zufrieden« ist.[15] Sie verstehen nicht, daß es den Frauen um einen anderen Punkt geht. Und umgekehrt: Der Mann fühlt sich unmittelbar persönlich getroffen, wenn die Frau zu Hause ihre Aufgaben nicht gut und verläßlich erfüllt. Er ist beleidigt, wenn er abends nach Hause kommt und die Wohnung nicht aufgeräumt vorfindet. Anders das Erleben der Frau: Wenn sie einen Termin vergessen oder die Wohnung nicht aufgeräumt hat, ist das für sie nicht etwas, das »gegen« die Beziehung geschieht. Der Mann aber erlebt es so. Er fühlt sich hängengelassen, und womöglich erlebt er das sogar als Verstärkung des Drucks auf ihn, jetzt noch mehr zu bringen: »Soll ich denn auch noch die Wohnung putzen?!« Frauen tun sich schwer, das zu verstehen. Der Zusammenhang zwischen geputzter Wohnung beziehungsweise beruflicher Anstrengung des Mannes mit dem, was ganz persönlich zwischen ihnen »spielt«, dieser Zusammenhang ist für sie nicht nachvollziehbar. Sie will ihm inmitten des Chaos am Abend um den Hals fallen, und er ist bereits sauer, weil er an der Wohnungstür über ein Spielzeug gestolpert ist.

Mir sind zwei Bilder eindrücklich in Erinnerung, die zwei Eheleute am Beginn eines Paar-Workshops malten. Die Partner sollten – jeder für sich – mit Buntstiften ein Bild zum Thema »So sehe ich unsere Beziehung« anfertigen. Auf Gudruns Bild waren ausschließlich Beziehungsqualitäten dargestellt: Ein ovales, zweifarbiges Gebilde, das die (ihrem Gefühl nach zu enge) Beziehung der Partner symbolisieren sollte, befand sich in einem großen leeren Kreis, der deshalb leer war, weil die beiden Söhne – als eine Art Sterne außerhalb des Kreises dargestellt – seit kurzem außerhalb der Familie »ihre Bahnen zogen«, wobei sie jeweils eine Art Kometenschweif mit je einem Elternteil verband, mit demjenigen nämlich, zu dem jeder der beiden die engere Beziehung hatte. Der leere Kreis sollte die Frage verdeutlichen: »Was geschieht jetzt mit unserer Beziehung, da die Söhne nicht mehr Gegenstand unserer vollen Aufmerksamkeit sind?« Von diesem »Psychosoziogramm« unterschied sich das Bild von Fritz fundamental: Darauf waren ausschließlich Gegenstände zu sehen: In der Mitte ein großer Baum, Symbol für den Garten, der für beide ein gemeinsames Betätigungsfeld darstellte, daneben das gemeinsame Haus, dessen Instandhaltung Fritzens ganzes Engagement galt. Dann sah man da eine Schule, den Arbeitsplatz Gudruns, weiter eine angedeutete Fabrik, in der sich Fritz beruflich betätigte, sowie zwei Schreibtische als Bild für das Studium der beiden Söhne. Alle diese Dinge hatten in den Augen von Fritz für die Beziehung große Bedeutung, aber Gudrun meinte bei ihrem Anblick enttäuscht: »Da sind ja nur Sachen zu sehen, bloße Fakten! Du hättest aber doch etwas über unsere Beziehung malen sollen!« Fritz war vor den Kopf gestoßen und fühlte sich wie so oft von neuem gemaßregelt. Und noch irritierter war er von ihrem Bild. Denn er erlebte hier alles abstrahiert und reduziert auf »bloße« Beziehungsqualitäten, alle anderen Dinge spielten keine Rolle. Dadurch fühlte er sich seinerseits abgewertet, weil in den auf seinem Bild dargestellten Dingen eine Menge Engagement von ihm steckte, was Gudrun überhaupt nicht zu würdigen schien.

Das sind gewichtige Unterschiede zwischen Männern und Frauen im Umgang und in der Pflege der persönlichen Beziehung. Männer (wie auch Frauen) müssen lernen, das überhaupt einmal wahrzunehmen. Erst dann kann man nach Ursachen fragen und nach Möglichkeiten, damit zurechtzukommen. Darum will ich mich bei diesem Thema noch ein wenig länger aufhalten und den beschriebenen Unterschied unter neuen Blickwinkeln näher betrachten.

## Sach-, Ziel- und Ergebnisorientierung im Vordergrund

Männer neigen dazu, so haben wir gesagt, die Beziehungsqualitäten hinter anderem gleichsam zu »verstecken« und eher »mitlaufen« zu lassen, als sie zu thematisieren. Sachthemen, Fakten, Ziele und Ergebnisse stehen für Männer viel stärker im Vordergrund des Bewußtseins als die Beziehung selbst. Daraus können sich im Kontakt zur Frau immer wieder komplizierte Verwicklungen ergeben. Das will ich an einigen Beispielen deutlich machen.

*Sach- und Fakten-Orientierung:* Rudi kommt nach Hause und berichtet – spürbar unter großem Druck – von bestimmten Geschehnissen des Tages. Er häuft Ereignis auf Ereignis, Heike kommt schon bald nicht mehr mit, weil sie die Zusammenhänge nicht genau kennt. Sie fühlt sich immer mehr im Dilemma. Sie spürt, daß ihn etwas daran sehr bewegt. Die Ereignisse im einzelnen interessieren sie aber wenig. Was soll sie tun? Wenn sie fragt: »Und was ist das, das dich so sehr bewegt daran?«, dann kommt: »Was mich daran bewegt? – Na das und das...« und wieder häufen sich Daten auf Sachverhalte und Ereignisse – und er wird ärgerlich, weil sie so schwer von Begriff ist. Wenn sie aber andererseits zeigt, daß sie das nicht interessiert, wenn sie gar zu gähnen beginnt und ihre Augen abschweifen, ist er tödlich beleidigt. Warum? Weil es ihm eben ganz wichtig ist, seinen Frust, seinen Ärger, seine Angst oder was immer es ist bei ihr loszuwerden. Aber das macht er nur indirekt, über die Aufzählung von Fakten. Für seine Begriffe redet er dadurch ständig von dem, was ihn bewegt, für sie aber bleibt alles unverständlich, solange sie von seinem Innenleben nichts erfährt.

Ein weiteres Beispiel zum selben Thema: Frauke hat die Diagnose »Krebs« bekommen. Große Betroffenheit bei ihr und ihrem Mann ist die Folge. Heinrich eilt zu den Ärzten und interviewt sie. Er wälzt medizinische Bücher, um sich zu informieren, welche Chancen bestehen, welche Behandlungsmethoden es gibt. Er ist besten Willens und will nichts als helfen. Aber Frauke ist total frustriert. Warum? Auch sie sucht nach Informationen und Aufklärung. Aber zunächst wäre es ihr viel wichtiger, Heinrich bei sich zu haben, mit ihm ihre Betroffenheit zu teilen, ihre Angst bei ihm unterzubringen, vielleicht auch zusammen mit ihm zu weinen... An so etwas denkt Heinrich gar nicht. Im Gegenteil, er hat das Gefühl, dadurch könnte alles nur noch schlimmer werden. Er sucht nach Fakten, um sie der Flut unkalkulierbarer Gefühle entgegenhalten zu können.

*Zielorientierung:* Werner und Cornelia, beide berufstätig, haben seit langem wieder einmal einen freien Samstagvormittag für sich. Sie gehen einkaufen. Die Liste der Dinge, die zu besorgen sind, ist lang. Werner hat vor allem diese Liste im Kopf, Cornelia vor allem die Tatsache, daß sie endlich wieder einmal Zeit füreinander haben. Sie zieht ihn darum ins Café hinein, hält ihn vor allen möglichen Schaufenstern fest, bremst ihn in dem Tempo, das er immer wieder anschlägt. Er wird ärgerlich, weil es immer aussichtsloser wird, die Liste abzuarbeiten und somit das Ziel, das sie sich für den Vormittag gesetzt haben, zu erreichen. Sie wird ärgerlich, weil es scheint, daß sie für ihn Luft ist. Offensichtlich ist ja die blöde Liste für ihn wichtiger als sie...

*Ergebnis-Orientierung:* Judith hat ein Problem mit dem Jüngsten und berät sich mit ihrem Mann Markus. Sie hat noch nicht ausgeredet, da legt Markus schon los. Ein Ratschlag jagt den anderen. Die Frau findet den einen oder anderen durchaus brauchbar. Trotzdem ist sie frustriert, enttäuscht, ärgerlich. Warum? Er hört nicht zu, er schwingt nicht mit, er fragt nicht nach. Aber das wäre ihr gerade das Allerwichtigste. Dann hätte sie das Gefühl, sie könnte mit ihm teilen. Aber da tut er sich sehr schwer. Wo ein Problem ist, da muß eine Lösung her. Je länger man darüber redet, so meint er, desto größer wird es nur!

*Leistungs-Orientierung:* Marlene und Siefried machen einen längeren Radausflug. Es ist das erste richtig warme Wochenende im Jahr. Zuerst ist es sehr schön zusammen. Aber dann gerät Marlene mehr und mehr ins Hintertreffen. Das will Siegfried nicht. Er wartet immer wieder auf sie, wird aber allmählich ungeduldig und fordert sie auf: »Komm, leg ein bißchen los! Jetzt sind wir schon zwei Stunden unterwegs und haben noch nicht mal zwanzig Kilometer geschafft!« Dafür fehlt ihr nun jedes Verständnis: »Sag mal, wozu sind wir eigentlich losgefahren? Um miteinander Spaß zu haben oder um einen Rekord aufzustellen?« – Spaß möchte er ja schon auch mit ihr haben – aber der größte Spaß für ihn wäre es eben, mit ihr einen Rekord aufzustellen!

Aus den Beispielen wird zur Genüge deutlich, welche Beziehungsprobleme sich aus der unterschiedlichen Orientierung »Sachebene« – »Beziehungsebene« ergeben. Beide senden dadurch oft auf verschiedenen Wellenlängen, und beide empfangen auf verschiedenen Wellenlängen. Daß es in den Empfangsgeräten dann oft nur noch rauscht, ist eigentlich kein Wunder.

Werfen wir von hier einen Blick auf unser Anfangsbeispiel: Richard hat sich nicht über seine Berufsprobleme ausgesprochen, weil er Elke nicht belasten wollte. Er meint gemäß männlicher Eigenart, daß »darüber sprechen« so viel bedeutet, wie: »Ihr das ungelöste Problem aufhalsen zu aller Belastung dazu, die unsere Lebenssituation mit sich bringt.« Für Elke dagegen hätte »darüber sprechen« bedeutet: »Er teilt mit mir, was ihn belastet. Er vertraut mir also und nimmt mich ernst!« Dieses Mißverständnis steht am Anfang von Richards Beziehungsmisere. Hätten die beiden es durchschaut, wäre vielleicht eine ganz andere Enwicklung möglich geworden.

**Kargheit im Ausdruck**

Mit dem Gesagten hängt noch eine weitere Unterschiedlichkeit zusammen, die Erich Kästner – wohl nach einer selber erlittenen Trennung – charakterisiert, indem er sich in einem Gedicht folgendermaßen an die Frauen »im allgemeinen« wendet:

Es gibt auch andre,
die wie ich empfinden.
Wir sind um soviel ärmer, als ihr seid.
Wir suchen nicht. Wir lassen uns bloß finden.
Wenn wir euch leiden sehn, packt uns der Neid.

Ihr habt es gut. Denn ihr dürft alles fühlen.
Und wenn ihr trauert, drückt uns nur der Schuh.
Ach, unsre Seelen sitzen wie auf Stühlen
und sehn der Liebe zu.[16]

Frauen sind in der Regel im Kontakt bedeutend expressiver als Männer, und es steht ihnen ein breiteres Spektrum zur Verfügung sich auszudrücken – in Gefühlen, in Gesten in Mimik und Tonfall. Männer dagegen, meint Kästner, »drückt nur der Schuh«. Sie sind in der Regel in Gefühlsangelegenheiten viel karger. Heißt das, wie Kästner nahezulegen scheint, daß sie auch weniger Gefühle haben? Sicher sind sie ihnen oft nicht so deutlich bewußt. Sie meinen, daß sie nur der Schuh drückt, ihre Selbstwahrnehmung ist in diesem Bereich nicht sehr ausgebildet. Dennoch liegt das Problem nicht darin, daß sie keine Gefühle hätten. Nur: Frauen sind in der Regel, was Gefühle angeht, eher extravertiert. Sie »tragen das Herz auf der Zunge«. Demgegenüber sind Männer häufiger »introvertierte Fühler«: Sie haben ihre Gefühle irgendwo tief in ihrem Inneren vergraben. Dadurch sind sie für sie oft nur ungenau identifizierbar, und vor allem: Der Weg »vom Bauch zum Mund« ist so weit! Selbst wenn sie wahrnehmen, »wie's da drinnen aussieht«, vermögen sie es dennoch nicht angemessen zum Ausdruck zu bringen. Vor allem im unmittelbaren persönlichen Kontakt zu anderen verschlägt es ihnen darum oft die Sprache. Daher kommt die eigenartige Diskrepanz, daß Richard zwar einen bewegenden Brief schreiben kann, sich aber für unfähig erklärt, im direkten Kontakt zu Elke etwas davon herauszubringen. Wenn er allein am Schreibtisch sitzt, treten ihm die Tränen in die Augen, Elke gegenüber aber kann er keine einzige zeigen, da scheint es, daß ihn nur »der Schuh drückt« und er »der Liebe lediglich zuschaut«.

Als Folge dieses Mangels an Expressivität im Kontakt spielt sich oft ein fatales Beziehungsmuster ein. Weil die Frau nicht versteht, was im Mann vorgeht, fängt sie an nachzufragen. Weil sie darauf keine befriedigende Antwort bekommt, beginnt sie zu bohren. Das verunsichert ihn, darum wird er noch wortkarger. Weil sie dann noch weniger versteht, bohrt sie noch mehr, wird wütend oder bricht in Tränen aus. Das schlägt ihn nun vollends in die Flucht, und der Kontakt bricht ab. Wenn sich das immer wieder so abspielt, wird es auf die Dauer recht frustierend. Darum »mutiert« das Muster eines Tages: Sie bricht nicht mehr in Wut oder Tränen aus und fragt auch immer seltener. Weil sie aber nicht mehr nachfragt, gibt er auch nichts mehr von sich. Beide verstummen. Wo früher die unfruchtbare Auseinandersetzung stattfand, herrscht jetzt unfruchtbares Schweigen. Das ist der Stand, den Richard und Elke erreicht haben zu dem Zeitpunkt, da er den Brief schreibt.

Nach seinem Bericht sucht Elke aus diesem Dilemma einen Ausweg, der von Frauen in dieser Lage häufig beschritten wird: Sie fangen an, psychologische Bücher zu lesen und entsprechende Gruppen und Kurse zu besuchen. Sie möchten mehr verstehen, möchten aus der Sprachlosigkeit wieder herausfinden und greifen darum zu diesem Hilfsmittel. Aber das verbessert die Lage in der Beziehung nur selten. Die Männer empfinden die Begriffe und Aussagen, mit denen die Frauen nun anrücken, als das, was sie häufig auch sind: als Angriff auf ihr Bollwerk. So verschanzen sie sich wie Richard dahinter und versuchen mit den Waffen der Intellektualität, des Zynismus oder der Abwertung manchmal, wenn es zu schlimm wird, einen gezielten Ausfall, um den »Feind« in seine Schranken zu weisen. Das Psychologisieren führt in einer solchen Situation tatsächlich zu nichts. Es verschreckt die Männer nur noch mehr und veranlaßt sie, sich noch mehr zu schützen.

**Positional – relational**

Die geschilderten Unterschiede zwischen Männern und Frauen in der Beziehungsgestaltung werden noch einmal unter einem neuen Aspekt deutlich, wenn wir den Sprachgebrauch von Männern und Frauen vergleichen. Entsprechend der Sachorientierung einerseits und der Beziehungsorientierung andererseits bedienen sich Männer und Frauen der Sprache in unterschiedlicher Weise: Männer reden eher positional, Frauen eher relational.[17]

»Positional« spricht jemand, der Behauptungen aufstellt, Thesen und Gegenthesen vorträgt, Sachverhalte definiert (»so und so ist es«). »Relational« bedient sich der Sprache, wer andere um ihre Meinung fragt, unterstützende oder bestätigende Äußerungen von sich gibt, Verständnisfragen stellt (»Wie haben Sie das gemeint?«). Natürlich gilt dieser Unterschied zwischen Männern und Frauen nicht für jeden Einzelfall. Im Einzelfall kann es auch gerade umgekehrt sein und die Frau sich fast ausschließlich positional, der Mann dagegen relational ausdrücken. Es hängt auch sehr vom Beziehungsgefüge ab, in dem jemand lebt. In einer weiblich dominierten Firma beispielsweise sprechen auch Männer häufiger relational, und in einer männlich geprägten Firma gewöhnen sich auch Frauen die positionale Sprache an. Aber der Tendenz nach scheint die positionale Sprache die der Männer und die relationale die der Frauen zu sein. Im Kontakt zueinander bedeutet das unter anderem, daß Frauen in Sachdiskussionen leicht ins Hintertreffen geraten. Dadurch entsteht der Eindruck, sie seien weniger kompetent, was von den Männern nicht selten mit den entsprechenden Abwertungen quittiert wird. Und umgekehrt gehen Frauen oft von der selbstverständlichen Annahme aus, daß die Männer von Beziehungsdingen »eh nichts verstehen« und machen diese unter sich aus. Der Mann hält die großen Vorträge, die Frau unterdrückt das Gähnen, stellt auf Durchzug und macht dann sowieso, was sie für richtig hält. Auch hier wird wieder deutlich, wie das Nichtkennen und Nichtanerkennen von vorhandenen Unterschieden zu Konflikten führt, die nicht sein müßten.

**Woher die Unterschiede?**

Die Unterschiede zwischen Frauen und Männern im Beziehungsverhalten sind also gravierend. Vielleicht haben wir das ein wenig aus dem Blick verloren. Über der notwendigen Betonung der Gleichwertigkeit der Geschlechter haben wir vergessen, daß sie nicht Gleichheit bedeutet.

Angesichts dieser Unterschiedlichkeit erhebt sich verständlicherweise die Frage: Woher kommen die Unterschiede? Wollten wir für das männliche Beziehungsverhalten – Sach-, Ziel-, Ergebnis- und Leistungsorientierung sowie »positionale« Sprechweise – ein Symbol finden, würde sich wieder der Pfeil nahelegen, den wir auf Seite 27 dem Yang-Prinzip zugeordnet haben. Ebenso fällt auf, daß für das weibliche Beziehungsverhalten – Beziehungs-, Gefühls- , Erlebnis- und Prozeß-Orientierung sowie relationale Sprechweise – das Symbol der Schale oder Welle, das wir dem Yin-Prinzip zugeordnet haben, gut passen würde. Das heißt, daß Männer auch in ihrem Beziehungsverhalten – jedenfalls vordergründig – eher dem Yang-Prinzip, Frauen dagegen eher dem Yin-Prinzip folgen. Das hat höchstwahrscheinlich auch, wie wir gesehen haben, biologische Wurzeln, und manche Ergebnisse der Gehirnforschung aus neuester Zeit scheinen eine derartig genetisch bedingte Ausrichtung zu bestätigen.[18]

Wenn das aber so ist, hat es zweierlei Konsequenzen: Die Unterschiedlichkeiten im Beziehungsverhalten sind zunächst eine Tatsache und haben nichts mit »anormal« oder gar »bösartig« zu tun. Und zweitens: Die genannten Unterschiede bedeuten auch Einseitigkeiten – und zwar auf beiden Seiten, bei Männern wie bei Frauen. Beide können einander ergänzen, und beide dürfen sich nicht absolut setzen. Im Sinne der Integration von Yin und Yang haben beide voneinander zu lernen, und das heißt: Auch die männliche Eigenart, Beziehungen zu gestalten, hat ihren Wert und ihre wichtige Funktion. Nicht nur die Frauen sind die Beziehungsexpertinnen, als die sie sich selber und viele Männer sie sehen! Was das im einzelnen bedeutet, darauf komme ich weiter unten zurück.

Diese möglicherweise auch durch Anlage bedingte Unterschiedlichkeit im Beziehungsverhalten ist im Zuge der Entwicklung zur Moderne durch gesellschaftliche Prozesse – wie im 1. Kapitel erwähnt – sehr verstärkt und überbetont worden. Das ist als zweiter schwerwiegender Grund zu nennen. Die patriarchale Gesellschaft, so wie sie sich in den letzten Jahrhunderten herausgebildet hat, hat zu einer übertriebenen Polarisierung der Geschlechter auch in ihrem Beziehungsverhalten geführt. Bei den Männern wirkt sich das am stärksten dann aus, wenn sie eine naturwissenschaftliche oder technische Ausbildung und eine entsprechende berufliche Sozialisation durchlaufen haben. Dann ist die Yin-Seite der

Beziehung oft vollständig in die Welt der Frauen abgewandert, was einerseits ein völlige Angewiesensein auf die Frau und eine irrational übersteigerte Sehnsucht nach ihr andererseits aber auch eine völlige Fremdheit ihr gegenüber bedingt, wie man wiederum bei Richard gegenüber Elke beobachten kann.

Neben der allgemeinen Yang-Orientierung und deren Übersteigerung durch die Entwicklung in der industriellen Gesellschaft ist noch eine weitere Wurzel für die speziell männliche Art der Beziehungsgestaltung zu nennen: die im Vergleich zur Frau grundlegend verschiedene Sozialisation des Mannes in seiner Herkunftsfamilie. Für den Mann ist das weibliche Gegenüber, nach dem er sich sehnt und mit dem er sich vereinigen will, durch seine spezifische lebensgeschichtliche Situation als kleiner Junge gleichzeitig das, von dem er sich auch ablösen und distanzieren muß, nämlich deshalb, weil er sich vom ersten weiblichen Wesen, dem er begegnet, von der Mutter, ablösen und distanzieren muß, um sich weiterentwickeln und erwachsen werden zu können. Dadurch ist und bleibt für den Mann das Weibliche zweideutig. Es ist Verheißung und Gefahr zugleich, nämlich Verheißung der liebenden Vereinigung und Gefahr des vernichtenden Verschlungenwerdens. Bei der Frau ist es dem Männlichen gegenüber anders. Es wird für sie in der Kindheit durch den Vater repräsentiert, mit dem sie jedoch nie verschmolzen war wie mit der Mutter, der ihr von Anfang an gegenüber stand. Darum ist ihre Liebe zum Vater und später auch zum Mann häufig viel eindeutiger und bei weitem nicht so ambivalent wie die Liebe des Mannes zur Mutter und zu Frauen überhaupt.

Der Gegenstand seiner Sehnsucht birgt für den Mann zugleich die Gefahr des Verschlungenwerdens in sich. Aus dieser fundamentalen Erfahrung heraus haben die alten Völker die Muttergottheiten mit beiden Attributen ausgestattet: mit Leben spendenden und mit Leben vernichtenden. Aus Märchen und Sagen kennen wir die Nixe, die diesen Doppelaspekt des Weiblichen für den Mann anschaulich macht: Sie lockt ihn unwiderstehlich an und zieht ihn dann in die Tiefe. Auch in der Hexe tritt diese Zweideutigkeit hervor: Sie lockt Hänsel ins Pfefferkuchenhaus und sperrt ihn dort in den Käfig, um ihn zu mästen und zu verspeisen. Hier mag eine wesentliche Ursache dafür liegen, daß Männer Frauen gegenüber in nahen und verbindlichen Beziehungen so oft voller Widerstand sind. Sie sind in einem Teil ihrer Seele »Hänsel im Käfig«, und dies äußert sich in übermäßiger Zurückhaltung, Mangel an Expressivität, Trotz und Abwehr. Das sind die Verteidigungsstrategien, die der Junge der Mutter gegenüber entwickelt hat, um sich vor den bedrohlichen Aspekten ihres Wesens zu schützen.

Diese lebensgeschichtliche Erfahrung, die allen Männern gemeinsam ist, bekommt durch die Erfahrung des einzelnen in seiner jeweiligen Herkunftsfamilie noch eine spezifische Akzentuierung. Diese besondere Erfahrung ist eine weitere Wurzel der Unterschiedlichkeit zwischen männlichem und weiblichem Beziehungsverhalten. Die konkrete Position, die Richard im Gefüge seiner Familie eingenommen, und die Rolle, die er zwischen Vater, Mutter und Bruder gespielt hat, prägen sein Verhalten in der Beziehung zu Elke und lassen manche Eigenheiten allgemein männlicher Beziehungsgestaltung besonders stark hervortreten. Darauf werde ich im 7. Kapitel ausführlicher eingehen.

## Was tun?

Wir wollen uns jetzt noch der Frage zuwenden: Was können Männer tun, damit sich die Unterschiedlichkeit in der Beziehungsgestaltung nicht immer wieder zu einem Problem, vor allem nicht zu einem unlösbaren, auswächst? Aus meiner praktischen Erfahrung möchte ich dazu folgende Hinweise geben:

1. Als erstes nochmals der Hinweis: Wir müssen den Tatbestand, daß Männer im Vergleich zu Frauen eine unterschiedliche Orientierung in Beziehungen haben, überhaupt erst einmal deutlich wahrnehmen. Das Ernstnehmen dieser Unterschiedlichkeit macht uns bewußt, daß Beziehungen nicht, jedenfalls nicht, wenn der erste Schwung der Verliebtheit vorüber ist, »von selber« funktionieren. Das liegt nicht an Böswilligkeit und Unfähigkeit, sondern an dieser Verschiedenheit. Darum ist es – jedenfalls methodisch – klug, davon auszugehen, daß sich Männer und Frauen, was Bezie-

hungen angeht, an zwei verschiedenen Ufern befinden. Es ist nicht unmöglich, Brücken zu bauen, um zueinander zu kommen, aber man muß dies auch tun, mit allem Aufwand, den ein Brückenbau erfordert. Wer das nicht beachtet, gerät in Gefahr, in den Fluß zu fallen.

2. Das Zweite ist, die Unterschiedlichkeit zu akzeptieren, und das heißt auch zu tolerieren. Frauen sind nicht verrückt oder lächerlich, wenn sie von Beziehungen andere Vorstellungen und an Beziehungen andere Erwartungen haben als Männer. Und Männer brauchen kein schlechtes Gewissen zu haben und meinen, sie seien Beziehungs-Analphabeten, nur weil sie anders sind als Frauen. Ich meine, daß heutzutage vor allem Frauen aus einem mißverstandenen Gleichberechtigungsanspruch heraus von Männern manchmal zu forsch und zu selbstverständlich verlangen, diese müßten so sein, wie es der weiblichen Eigenart entspricht. Bevor eine Änderung eingefordert werden kann, muß das Eigene zunächst einmal anerkannt sein – bei einem selbst und beim Gegenüber. Sich ändern und sich auf eine gute Weise dem anderen anpassen kann man dauerhaft nur, wenn man sich in seinem Eigenen geachtet und anerkannt fühlt.

3. Männer sollten, wie es ihnen die mythischen Helden mit ihren »Blutsbrüdern« vormachen, intensive Beziehungen mit Männern pflegen. Im Kontakt mit dem eigenen Geschlecht können sie ausleben, was den eigenen Vorlieben entspricht. Hier bewegen sie sich unter Gleichen und können sich daran freuen, miteinander zu fachsimpeln und hochtheoretisch zu diskutieren, daß die Fetzen fliegen, oder auch miteinander im Fußball oder Tennis um den Sieg zu konkurrieren. Weil viel zu häufig die Männerfreunde fehlen, versuchen sie, dafür die Frauen zu gewinnen, was natürlich nicht funktionieren kann. Derart rauhe oder auch intellektuelle Männervergnügen sollten sie sich von den Frauen aber auch nicht madig machen lassen, genauso wenig, wie es angemessen ist, sich über deren »Busenfreundinnen« und »Kaffeekränzchen« lustigzumachen.

Wir haben heutzutage einen völlig überzogenen Begriff von Zweisamkeit in der Paarbeziehung. Alles an Nähe und Intimität soll sich zwischen Mann und Frau abspielen. In früheren Zeiten und in anderen Kulturen lebten und leben Männer viel mehr mit Männern und Frauen viel mehr mit Frauen. In manchen Kulturen, zum Beispiel in der islamischen, ist diese Trennung der Geschlechter mit großen Ungerechtigkeiten und Abwertungen gegenüber den Frauen verbunden. Das sollte uns aber nicht daran hindern, auch die positiven Seiten darin zu sehen. Wahrscheinlich täte uns eine Korrektur in dieser Richtung ganz gut. Mann und Frau würden dann voneinander nicht verlangen, füreinander ein und alles zu sein, sondern nur das, was ein Mann einer Frau und eine Frau dem Mann geben kann. Männer sollen sich bei Männern, Frauen bei Frauen regenerieren.[19] Dann werden sie immer wieder interessant füreinander und erhalten sich ihre gegenseitige Attraktivität. Wenn Männer dagegen immer nur Frauen haben, mit denen sie innigen Umgang pflegen, siedeln sie ihre Identität zu sehr im weiblichen Bereich an. Dadurch geht die gesunde Polarität verloren, die eine Beziehung braucht, um lebendig zu bleiben.

4. Das Eigene anerkennen, pflegen und achten und das Fremde anerkennen und achten: Auf dieser Basis wird dann möglich, daß wir uns zu diesem Fremden hin öffnen und uns darauf zubewegen. Der Grund, warum Männer am Anfang von der Partnerin oft so beeindruckt sind, liegt ja gerade in deren betonter Beziehungsorientierung: »Sie hat mich aus meiner Einsamkeit herausgeholt, hat mich geöffnet und mir Zugang zu anderen Menschen verschafft«, so oder ähnlich höre ich Männer berichten. Frauen erschließen Männern manchmal durch ihre Art eine unbekannte und faszinierende Welt, eben die Welt der Gefühle, der Unter- und Zwischentöne, die Welt der Nähe und Intimität. Aber oft geraten die Männer dann im Laufe der Ehe gerade an diesem Punkt in eine fatale Ambivalenz. Einerseits zehren sie, was die Pflege des Zwischenmenschlichen angeht, von ihren Frauen und andererseits, weil damit auch immer Ansprüche an sie verbunden sind, schützen sie sich gleichzeitig davor, blocken ab und ziehen sich zurück. Sie lassen sich gerne Beziehung bieten, aber sie lassen sich nicht gerne auf Beziehung ein. Sie konsumieren Beziehung aber weigern sich, diese auch zu gestalten. Darum ginge es aber, und zwar im Interesse der eigenen individuel-

len Entwicklung zum vollen Menschsein: den Weg von der rechten, der Yang-Seite, auch auf die linke, die Yin-Seite zu finden, sich einlassen statt sich abgrenzen, mitschwingen statt sich zurückziehen, fühlen und ahnen statt analysieren und auf den Begriff bringen, nachfragen und zuhören statt immer nur behaupten und definieren. Viele Männer brauchen den Anstoß dazu von Frauen, aber es wäre dann ihre Aufgabe, diesen Anstoß in eigene Verantwortung zu übernehmen und sich damit auf den eigenen Weg zu begeben.

5. Sich aktiv um die Beziehung zu kümmern, könnte sie aber noch in einem anderen Sinne bereichern: nämlich dadurch, daß der Mann seine spezifischen Stärken, seine Yang-Eigenschaften aktiv einbringt. Wir haben gesagt, daß sie genauso ihre Berechtigung und Wichtigkeit haben wie die spezifisch weibliche Orientierung. Ich erlebe auf Paar-Workshops immer wieder, wie sich Frauen blitzschnell und ohne es direkt abzusprechen auf ein eindeutiges k.o.-Kriterium einigen: Wenn die Männer ihre Anliegen nicht mit der nötigen Gefühlsschwingung äußern, haben sie keine Chance, gehört zu werden. Meist ziehen die Männer sich dann ärgerlich oder resigniert zurück, und das typische Muster »klagende Frau – verstockter Mann« ist wieder etabliert. In solchen Fällen ist es mir ein großes Anliegen, die Männer zu unterstützen: »Sag deine Sache auf deine Weise! Laß dich nicht davon abbringen, bestehe darauf, eine Reaktion zu bekommen!«

Es steht außer Zweifel, daß in bestimmten Situationen neben dem »Relationalen« auch das »Positionale« für die Beziehung äußerst positiv wirkt. Die Forderung, Gefühle zum Ausdruck zu bringen, kann manchmal auch der Verschleierung dienen. Demgegenüber die Dinge »positional« beim Namen zu nennen, kann eine sehr befreiende und konstruktive Wirkung haben. »Daß du, wie in dieser Woche viermal, am späten Abend noch bügeln und aufräumen mußt, das verstehe ich nicht! Laß uns mal darüber reden, wieso das immer wieder so läuft!« Oder: »Hör bitte mit dem Gejammer auf, laß uns lieber überlegen, wie wir die Sache anders organisieren können!«

Auch die männliche Orientierung auf das Handeln hin kann in der Beziehung durchaus sehr hilfreich sein. Das heißt zum

Beispiel: Nicht mehr lange darüber reden, wie schön es wäre, doch endlich einmal einen gemeinsamen Abend zu haben, sondern den Terminkalender hernehmen, Termin vereinbaren und in die Realität umsetzen! Darauf zu achten, daß Beziehung auch im gemeinsamen Tun und nicht nur im Reden geschieht, kann eine wichtige Aufgabe des Mannes und seiner Initiative sein. Es steht den Männern gut an, sich auf ihre Weise, also durchaus »positional« und handelnd zu vertreten. Sie haben keinen Grund, sich, wie es häufig geschieht, in die Defensive treiben zu lassen, weil sie im Fühlen und Verbalisieren von Gefühlen nicht so gewandt sind wie Frauen.

Ich erlebe es immer wieder, wie hilfreich und befreiend es ist, wenn Männer anfangen, die Beziehung auch als ihr Anliegen wahrzunehmen und für die Gestaltung in ihrem Sinn Verantwortung zu ergreifen. Die Tatsache, daß das »Relationale« Frauen mehr liegt, heißt nicht, daß die Männer sich darum aus dem Feld der Beziehung verabschieden sollten. Das »Positionale« ist der andere Pol zum »Relationalen«, und die Bewegung zwischen beiden Polen macht eine Beziehung lebendig und bringt sie in die richtige Balance.

Das berühmte Bild vom Helden als Drachentöter, der die Prinzessin durch seine Tat befreit, ist heute mit Recht in Verruf geraten, weist es doch dem Mann ausschließlich die aktive und der Frau die passive Rolle zu. Er darf sie erobern und sie darf ihn dafür lieben. Für manche Situationen in der Beziehung aber könnte dieses Bild noch immer Vorbild für Männer sein. Denn manchmal braucht es wirklich auch das Schwert der klaren Abgrenzung und der klaren Durchsetzung, um der Partnerin zu helfen, sich aus Gebundenheiten und Verstrickungen zu lösen, von denen sie wie von den Krakenarmen eines Drachen umschlungen gehalten wird. Insofern kann auch Sach-, Ziel- und Leistungs-Orientierung für die Qualität der Beziehung Gewinn bringen, wenn sie mit dem »Relationalen« verbunden und im Interesse der Beziehung eingesetzt wird.

Kapitel 4

# Sich mit dem Körper befreunden

*Und um das Bild noch zu vervollständigen: Seit einem Monat habe ich es mit der Bandscheibe. Der Arzt sagt, ich müsse äußerst vorsichtig mit mir umgehen. Daß mein Körper nicht mehr so tut, wie er soll, das könnte mich rasend machen.*

Daß eine körperfreundliche Einstellung für die Liebe von großer Bedeutung ist, leuchtet unmittelbar ein. Die Partnerliebe ist eine ganzheitliche Liebe, die neben Geist und Seele auch den Leib mit einschließt. Das macht ja gerade ihre spezifische Eigenart aus. Vor allem durch die körperliche Liebe entsteht und festigt sich die Bindung zwischen Mann und Frau. Ist es darum nicht ziemlich überflüssig, darüber zu sprechen? Steht nicht gerade heutzutage Körperlichkeit hoch im Kurs, ja wird heute nicht geradezu ein Körperkult getrieben? Und sind nicht gerade die Männer auf eine besondere Weise körperbezogen? Sehr viele und immer mehr achten auf ihr Gewicht und auf gesunde Ernährung, betreiben regelmäßig Sport, spielen Fußball, Tennis oder joggen mehrmals die Woche. Und schätzen nicht gerade die Männer die Sexualität sehr hoch ein, viel zu hoch in den Augen vieler Frauen? Ist in ihrem Bewußtsein nicht sexuelle Betätigung und sexuelle Leistungsfähigkeit ein entscheidendes Kriterium für Männlichkeit?

Ohne Zweifel verhält es sich so. Körperliche Betätigung und Körperpflege mögen in der Tat ein Zeichen für eine wachsende Leibfreundlichkeit der Männer sein. Dennoch ist vor allem jenseits der Vierzig die Zahl jener sehr hoch, die wie Richard ernsthafte gesundheitliche Probleme bekommen, und zwar auch unter denen, die sich ihr Leben lang durch Sport körperlich intensiv betätigt haben. Hier setzt meine Frage an: Ist die Körperbezogenheit vieler Männer wirklich ein freundlicher Umgang mit ihrem Leib? Machen sie sich dabei wirklich das »Tier zum Freund«, wie wir es von den Helden der Mythen gehört haben?

## Der Kampf gegen den eigenen Körper

Ich habe sehr oft den Eindruck, daß es dabei um etwas anderes geht, nämlich um eine in ihrer Wurzel sogar sehr leibfeindliche Haltung. Der Körper soll unter die Kontrolle des

Willens und des Verstandes gebracht werden. Er soll dazu gebracht werden, nach den vorhandenen Anforderungen zu »funktionieren«. Er soll *»so tun, wie ich will«*, um mit Richards Worten zu sprechen. Dabei kann man zwei – äußerlich gesehen – recht verschiedene Arten feststellen, wie Männer mit ihrem Körper umgehen, die aber beide von derselben Grundhaltung getragen sind: eine eher passive und eine eher aktive.

Der Aktive trainiert viel, oft regelmäßig und mit System. An sich ist dagegen natürlich nichts einzuwenden. Aber viele schwingen dabei die Peitsche und lassen sie unbarmherzig auf ihren Leib wie auf einen störrischen »Bruder Esel« niedersausen, wie Franz von Assisi ihn – in diesem Punkt gar nicht sehr lebensbejahend – genannt hat. Man muß nur manchen Jogger genauer anschauen, wenn er an einem vorbeiläuft: verkrampft, mit hochrotem Gesicht und schmerzverzerrten Zügen. Man kann sich des Eindrucks nicht erwehren, daß hier einer eher auf Körperqual denn auf Körperpflege aus ist. Der Leib wird an die Kandare genommen und umbarmherzig vorangetrieben, und das womöglich jeden Tag ein bißchen länger und ein bißchen schneller. Das »Tier« wird nicht zum Freund, es soll gefügig gemacht werden.

Es gibt aber auch eine zweite, eine passive Form des Umgangs mit dem Körper, die sich sehr anders äußert, aber aus einer ähnlichen Grundhaltung entsteht. Der Passive setzt einfach voraus, daß sein Körper zu funktionieren hat. Meist betreibt er keinen Sport, jedenfalls nicht regelmäßig und systematisch, er erwartet, daß er von selber fit bleibt. Genauso wie der Aktive setzt also auch der Passive voraus, daß sein Körper sich der Kontrolle seines Geistes zu beugen hat. Das Eingangszitat zu diesem Kapitel aus Richards Brief zeigt, daß diese Haltung im Grunde genauso aggressiv, auto(selbst)-aggressiv ist wie die aktive: *»Daß mein Körper nicht mehr so tut, wie er soll, das könnte mich rasend machen!«*

Ist diese Haltung etwas anderes als Leibfeindlichkeit? Eine Einstellung, die wir einer vergangenen Zeit, vielleicht sogar dem dunklen Mittelalter zuordnen, ist unter Männern noch viel weiter verbreitet, als es auf den ersten Blick scheinen mag. Ich erinnere mich noch sehr lebendig an eine lang zurückliegende Phase in meinem Leben: Im Jahre 1957 war ich in den Jesuitenorden eingetreten, dem ich zehn Jahre lang angehörte. In den ersten zwei Jahren, im sogenannten Noviziat, war es üblich, wöchentlich zwei Mal eine »Bußübung« zu vollziehen. Man bekam vom Novizenmeister eine aus Schnüren verfertigte Geißel ausgehändigt, mit der man sich selbst während der Dauer eines »Salve Regina« (Mariengebet) auf den bloßen Rücken schlagen mußte. Ich höre die Leser an dieser Stelle aufstöhnen: »Und das im zwanzigsten Jahrhundert?! Das ist ja der reine Masochismus!« Ich gebe ihnen recht. In der Rückschau finde auch ich diese Prozedur gräßlich. Aber unterscheidet sich so mancher harte Trainierer in seinem Fitneßstudio wesentlich davon? Ist die Grundeinstellung nicht dieselbe? Der Leib soll gefügig gemacht werden, er soll so funktionieren, wie wir mit unserem Geist das wollen.

### Woher die Leibfeindlichkeit?

Die Leibfeindlichkeit hat in unserer Kultur eine lange Tradition. Zwar wird mit Recht betont, daß das Christentum im Kern leib- und materiefreundlich sei. Beispielsweise unterscheide sich der biblische Schöpfungsbericht von den meisten anderen Ursprungsmythen der alten Religionen dadurch, daß hier alles was ist seinen Ursprung im guten Gott hat, während sich in anderen Religionen häufig zwei gleichstarke ursprüngliche Prinzipien, ein gutes geistiges und ein böses materielles Prinzip, gegenüberstehen (»Dualismus«). Theoretisch ist das sicher richtig. Aber in der christlichen Theologie und noch mehr in der christlichen Praxis sind eben auch sehr viele Einflüsse aus diesen dualistischen Religionen zum Tragen gekommen, vor allem über die Formulierung der sogenannten »Erbsündenlehre«. Durch sie sind das Leibliche, das Sinnliche, Materielle und vor allem das Sexuelle doch wieder so etwas wie ein »böses Prinzip« geworden, das der Mensch mit der Hilfe Gottes, mit Geist und Willen kontrollieren, eindämmen und bekämpfen muß.

Außer dieser allgemeinen Wurzel in der Tradition des Abendlandes hat die einseitige Orientierung am Geist allerdings noch Ursachen, die im besonderen mit der männlichen Eigenart zusammenhängen. Oft wird darauf hingewiesen, daß

Männer schon von ihrer Biologie her nicht so regelmäßig und nachhaltig an ihren Körper erinnert werden wie es bei den Frauen zum Beispiel durch ihren monatlichen Zyklus der Fall ist. Dazu kommt die geschichtlich und gesellschaftlich bedingte Überbetonung des Yang-Prinzips, von der wir im ersten Kapitel gesprochen haben, die zur Verdrängung und Abspaltung des Yin-Prinzips geführt hat. Dieser Prozeß wird in vieler Hinsicht auch in der heutigen Zeit immer noch unterstützt und verstärkt. Denn Tempo und Art der Arbeit werden nicht und immer weniger durch den menschlichen, und das heißt auch körperlichen Rhythmus bestimmt, sondern durch den Rhythmus der Maschine oder durch die Erfordernisse der Rationalisierung. Alles muß mit immer weniger Personal immer schneller und immer präziser funktionieren. Der Mensch hat sich den Erfordernissen der Produktion anzupassen, nicht aber umgekehrt. Sicher machen sich vor allem in vielen Großbetrieben Verantwortliche Gedanken darüber, wie man die Arbeit menschengerechter gestalten könne. Auf die Gesamtentwicklung aber hat das wenig Einfluß. Hier ist es immer mehr der Mensch, der sich den Prozessen anpassen muß, nicht umgekehrt.

Schließlich muß man sich überhaupt fragen, ob wir auf dem Weg in die sogenannte Postmoderne, auf dem Weg der fortschreitenden Umwandlung der Produktions- in eine Dienstleistungsgesellschaft nicht daran sind, den Körper überhaupt verkümmern zu lassen. Die Vision taucht auf, daß vor unzähligen Bildschirmen nur noch Riesenköpfe mit zwei Beinen und ohne Leib sitzen und das Leben sich fast nur noch in der virtuellen Welt der Computernetze abspielt. Das wäre der endgültige Sieg des Geistes über Leib und Materie!

Dieses Horrorszenario ist natürlich nicht ganz ernst gemeint. Denn ich bin sicher, daß unsere Körper vorher rechtzeitig, so wie es bei Richard der Fall war, protestieren werden: mit Herzinfarkten, Bandscheibenvorfällen, Magengeschwüren und Nervenzusammenbrüchen. Mit solchen Schwierigkeiten zeigt der Leib dem Mann, daß er von seinem Ich nicht zu trennen ist. Krankheiten können geradezu zu Lehrmeistern, manchmal auch zu Zuchtmeistern werden, die uns zwingen, es anders zu machen.

## Veränderung der Einstellung

Wer einmal von einer solchen Krise betroffen war und aus diesem Grunde einen Rehabilitationsprozeß mitmachen mußte, entdeckt dort etwas Paradoxes: Die Maßnahmen zur Wiederherstellung der Gesundheit, die von Ärzten, Masseuren und Krankengymnasten mit großem Aufwand durchgeführt und von den Kassen teuer bezahlt werden, sind zum großen Teil eigentlich Bestandteile, die zu einem normalen, ganzheitlichen Leben ohnehin dazugehören sollten. Die Harmonisierung des Atems beispielsweise, der lockere, leichte Lauf durch den Wald, die Dehnungs- und Stärkungsübungen für Rücken-, Bauch- und Bein-Muskulatur und dergleichen bräuchte unser Körper auch ganz abgesehen von den gesundheitlichen Problemen, in denen wir jetzt stecken, einfach zu unserem Wohlbefinden und zur normalen Funktionstüchtigkeit. Rehabilitationsmaßnahmen nach körperlichen Zusammenbrüchen sind häufig nichts anderes als eine »Schule des normalen Lebens«. Wir lernen dabei, auf körperliche Vorgänge zu achten, Körpergefühle wahrzunehmen, auf das zu reagieren, was uns der Körper zurückmeldet, und ihm das an Bewegung, Spannung und Entspannung zu geben, was er braucht. Das unterscheidet sich wesentlich von der oben erwähnten aggressiven »Körperertüchtigung«. Wir gehen dabei nicht mehr gegen den Körper vor. Die Eigendynamik, der Eigenrhythmus des Körperlichen wird wahr- und ernstgenommen. Wir lernen, unser Verhalten darauf einzustellen. Könnten sich Männer das nicht auch schon ohne körperlichen Zusammenbruch zugute kommen lassen?

Es geht dabei vor allem um eine Veränderung der Einstellung. Der Leib wird nicht mehr als der störrische »Bruder Esel« angesehen, der traktiert werden muß, um gefügig zu werden, sondern als Teil unserer Person, der uns anzeigt, was wir uns zumuten können und was nicht. Es geht darum, den Rhythmus des Körpers aufzunehmen und unsere Aufgaben im Zusammenspiel mit ihm zu erfüllen. Das wird dem Achtsamen manchmal seine Grenzen aufzeigen, früher als ihm lieb ist, aber es wird verhindern, daß er weiter rücksichtslos über sich hinweggeht und Raubbau an seinen Kräften betreibt. Ein mißachteter Körper rächt sich eines Tages, auch wenn er lange stumm bleibt und »mitmacht«.

Ein Freund und Kollege, der bei zu starker körperlicher Anstrengung immer unsanft an seine Bandscheibenoperation erinnert wird, sagte mir unlängst am Telefon: »Das ist für mich eine dauernde Schule der Demut! Wenn ich mich übernehme, sagt mein Körper: ›Stop!‹ und zwingt mich nachzugeben.« Der Geist mit seinen Möglichkeiten hat die Männer der westlichen Welt immer wieder zur Grandiosität verführt, dazu, über ihr menschliches Maß hinauszuleben, als wären sie reine Geistwesen. Unser Körper verbindet uns mit der materiellen Welt, er erinnert uns an unsere Geschöpflichkeit und daran, daß wir ein kleiner, winziger Teil des Kosmos sind, in den wir uns einzufügen haben.

Unser Körper wird es uns danken, wenn wir uns um ihn kümmern. Die Tatsache, daß er uns mit dem Materiellen, dem Sinnenhaften, der Biosphäre verbindet, bedeutet ja auch, daß er ein wichtiges Bindeglied zwischen der Yang- und der Yin-Seite darstellt. Freundlicher Umgang mit dem Körper, Körperbewußtsein und Körperwahrnehmung öffnen uns dem Einfluß des Yin-Prinzips, dem Fließenden, Verbindenden, Gefühlshaften, dem Spüren und dem Rhythmischen.

Aber wenn Männer auf diese Weise mehr körperlich und damit in gewissem Sinn mehr yin-haft, mehr »weiblich« werden, besteht dann nicht die Gefahr, daß sich der Gegensatz der Geschlechter einebnet und damit die erotische Spannung verlorengeht? Ich glaube nicht, daß dies eine Gefahr ist. Denn durch die Annäherung an das Yin-Prinzip wird ja nicht eine gesunde Polarität zwischen Mann und Frau aufgehoben. Lediglich jene extreme Polarisierung, von der wir gesprochen haben und die stark zur Entfremdung der Geschlechter voneinander beigetragen hat, würde sich abmildern. Wenn Männer sich mit ihrem Leib anfreunden, kommt das als eine tragfähige gemeinsame Basis der Geschlechterbeziehung nur zugute.

## Die guten Wirkungen der Körperfreundlichkeit

Der Körper ist die wesentliche Brücke zur Welt der Gefühle und Emotionen. Gefühle haben immer ihre Wurzel im Körperlich-Sinnlichen. Geist und Intellekt fühlen nicht. Daß

Männer Gefühle oft so schwer wahrnehmen, nicht wissen, was in ihnen vorgeht, geschweige denn es ausdrücken können, hängt auch mit ihrer Leibfeindlichkeit zusammen. Der losgelöste Intellekt und der überbetonte Wille schneiden vom Emotionalen ab. Wie sehr die Wahrnehmung der Körpervorgänge beides, das Wahrnehmen und Ausdrücken der Gefühle, fördert, zeigt sich in einer Erfahrung, die Therapeuten häufig machen. Durch die einfache Anweisung an den Klienten: »Lassen Sie den Atem tief ein und aus fließen«, spürt dieser zum Beispiel plötzlich seine Trauer und kann sie zu seiner großen Erleichterung in einem Strom von Tränen ausdrücken. Allein das tiefe Atmen kann also zurückgestaute Gefühle zum Fließen bringen. Wenn Richard in seinem Brief erwähnt, daß er schon jahrelang nicht mehr weinen konnte, dann ist dies auch eine Folge davon, daß er jahrelang über die Bedürfnisse seines Körpers hinweggelebt hat. Körpervorgänge und Atem deutlicher wahrzunehmen, könnte Männern also den Zugang zu den Gefühlen eröffnen, und damit würde eine Hauptbarriere in der Beziehung zu Frauen ein wenig niedriger.

Ein körperfreundlicher Umgang hätte noch eine weitere Folge: Der Körper ist auch das Bindeglied zu einem insgesamt genußfreudigeren Leben. Man kann sicher nicht sagen, daß Männer generell den Freuden des Lebens abgeneigt wären. Aber ähnlich wie ihre Körperbezogenheit oft eine aggressiv-zerstörerische Komponente hat, hat auch ihr Genußverhalten oft den Charakter von Gier und Sucht. Die Gaumenfreuden werden leicht zur Freßgier, der Alkoholgenuß zur Sauferei und das erotische Spiel zum beziehungslosen Sex. Auch dies sind Formen, wie unser Körper sich für zu wenig Aufmerksamkeit rächt. Was ihm in einer liebevollen Form versagt wird, das holt er sich auf eine zerstörerische Weise.

Für die antiken Lebensphilosophien, die Stoa und die Epikuräer, war ein zentrales Element der Lebenskunst das Maßhalten. Mit der Forderung nach dem rechten Maß wird man heute wenig Beifall ernten. Aber Maßhalten heißt nichts anders als die richtige Balance finden. Wenn ich nicht achtsam mit mir umgehe, wenn ich mich zum Beispiel in der Arbeit immer nur überanstrenge und über meine Konstitution hinweggehe, dann besteht die Gefahr, daß mein vernachlässigter Körper sich auf destruktive Weise holt, was ich ihm versage: Er überrumpelt mich am Abend dann und »zwingt« mich zum Beispiel, mich vollaufen zu lassen oder mich vollzufressen. Oder: wenn es Muße, Freude, Kreativität und Genuß nirgendwo mehr gibt in meinem Leben, dann ist es kein Wunder, daß sich das gesamte Genußbedürfnis meines Körpers in einem maßlosen Bedürfnis nach Sexualität entlädt und von der Partnerin verlangt, was diese meist nicht geben kann und will. Richard schreibt:

*»Meine Arbeit forderte mich total... Ich wollte und konnte nicht sprechen, ich wollte ihre Liebe haben, von ihr gewärmt und wieder aufgebaut werden. Darum brauchte ich immer wieder Sexualität...«*

So wie Elke spüren viele Frauen, daß in einer solchen Sexualität sie als Personen nicht mehr gemeint sind. Darum ist es kein Wunder, wenn Frauen sich in einer solchen Situation mehr und mehr versagen.

Ein insgesamt körperfreundlicherer Umgang, eine Genußfreudigkeit, die sich auf das gesamte Leben, die Arbeit mit eingeschlossen, bezieht, würde dieses Hin- und Herkippen von totaler Versagung zu totaler Gier auflösen. Dadurch würde sich wahrscheinlich insgesamt das Bedürftigkeitsniveau der Männer senken, von dem Frauen sich so häufig überfordert fühlen. Vielleicht bräuchten die Männer dann auch weniger Sex – und wären trotzdem zufriedener. Denn Sexualität würde dann wieder ein Medium intensiver persönlicher Begegnung und bliebe nicht länger ein Surrogat zur Stillung aller möglichen unbefriedigten und frustrierten Körperbedürfnisse.

**Was ist zu tun?**

Was macht man nun konkret, um körperfreundlicher zu werden?

1. Der erste Schritt scheint mir wieder zu sein, die Aufmerksamkeit zu aktivieren, um eigener Körperfeindlichkeit auf die Spur zu kommen. Ein Hinweis: Wenn ich auf »gewöhnliche« Erkrankungen mit Wutausbrüchen oder Depressionen reagiere, dann ist das ein sicherer Indikator dafür, wie aggresiv

ich meinen Körper unter Kontrolle halten will. Er darf nicht einmal krank werden. Schon gegen eine kleine Grippe lehne ich mich innerlich auf. Diese rücksichtslose Haltung meinem Körper gegenüber könnte mir zu denken geben. Das wäre ein erster Schritt der Veränderung.

2. Der zweite Schritt wäre dann, die Entscheidung zu fällen, meinen Körper mehr zu berücksichtigen. Das heißt: Ich beginne, die Signale meines Körpers ernstzunehmen und in meine Entscheidungen mit einzubeziehen. Ich berücksichtige zum Beispiel meine Erschöpfung und höre mit der Arbeit auf oder lege ein Pause ein. Ich nehme wahr, wie meine Glieder immer steifer werden, und darum ändere ich meine Körperposition oder schalte ein paar Spannungs-/Entspannungsübungen dazwischen. Ich identifiziere meine Sehnsucht nach Ruhe und Entspannung und ziehe mich deshalb aus dem Getriebe heraus, gehe ins Thermalbad oder sorge für ausreichenden Schlaf. Sicher ist es nicht immer möglich, solche Konsequenzen aus meinem körperlichen Zustand zu ziehen. Manchmal lassen es die äußeren Bedingungen einfach nicht zu. Es wäre aber schon sehr viel gewonnen, wenn ich es wenigstens merkte, daß so etwas jetzt dranwäre. Wenn ich darauf achte und nicht einfach darüber hinweggehe, findet sich in der Regel die Zeit dafür, auch die entsprechende Maßnahme zu treffen.

3. Damit ich diese beiden Schritte aber schaffe, bedarf es eines gewissen Trainings in der Fähigkeit der Körperwahrnehmung. Wie funktionieren überhaupt meine körperlichen Abläufe? Was meldet mir mein Körper, was mag er gern, was tut ihm nicht gut? Es ist erstaunlich, wie viele Männer das gar nicht wissen. Um das herauszufinden, kann es sehr hilfreich sein, Körperübungen zu Hilfe zu nehmen. Es ist gar nicht so wichtig, welche das sind. Das kann mit einfacher Gymnastik genauso gut gehen, wie mit Spannung-Entspannungs-Übungen, Feldenkrais oder einer anderen Methode. Wichtig ist allerdings, solche Übungen anfangs unter fachlicher Anleitung zu machen, denn man macht dabei leicht charakteristische Fehler, die einen um den Effekt bringen. Außerdem empfiehlt es sich, die Übungen so lange regelmäßig und zu einer bestimm-

ten Zeit zu machen, bis sie im Tagesablauf selbstverständlich eingebaut und zur guten Gewohnheit geworden sind und nicht mehr jedesmal ein eigener Entschluß dafür erforderlich ist. Damit das möglich wird, lohnt es sich, so lange zu suchen, bis man eine Übungsabfolge gefunden hat, die einem liegt, guttut und Freude bereitet. Dann können regelmäßige Körperübungen zu einem wirklichen Bedürfnis werden.

4. Ein weiterer Schritt, der mit dem vorausgehenden identisch sein kann, wäre, sich irgendeine Art von leichter sportlicher Betätigung zueigen zu machen. Im Blick auf die »Passiven« ist damit überhaupt die Einladung ausgesprochen, mit einer Sportart anzufangen. Dafür ist man nie zu alt, man muß sich nur die richtige suchen. Im Blick auf die Aktiven liegt die Betonung auf »leicht«. Das heißt: Es gilt für sie, von der Betonung der Leistung zur Aufmerksamkeit auf den Prozeß selbst umzusteuern. Es kommt nicht darauf an, Zeiten zu unterbieten und der erste zu sein, sondern im richtigen Rhythmus die richtige Dauer und richtige Geschwindigkeit herauszufinden. Dafür gibt es heute schon sehr gute Hilfsmittel und Anleitungen, über die man sich in jedem Sportgeschäft informieren kann.

Damit will ich nicht sagen, daß man jede Anspannung und Anstrengung vermeiden sollte. Gerade bei beruflichen Betätigungen, die sehr viel Konzentration erfordern aber wenig körperliche Bewegung erlauben, kann es sein, daß die inneren Spannungszustände, in die man den Tag über gerät, nur abgebaut werden können, wenn zunächst einmal – natürlich nicht ohne entsprechendes Aufbautraining! – der Körper beim Joggen oder im Fitneß-Studio sogar stark gefordert wird. Wichtig ist dabei allerdings, daß die Anspannung in eine Entspannungsphase mündet und man sich die Zeit nimmt, der körperlichen Erfahrung nachzuspüren und dabei zur Ruhe zu kommen.

Auch braucht auf das Leistungsprinzip nicht vollständig verzichtet zu werden. Entsprechend der männlichen Yang-Orientierung macht es Männern einfach Spaß, die Kräfte zu messen und mit Bravour ein Ziel zu erreichen. Wichtig ist, daß dies nicht der einzig dominierende Gesichtspunkt bleibt, sondern auch die Yin-Seite zum Zug kommt, indem wir unsere

Aufmerksamkeit auch immer wieder auf den Prozeß richten und nicht nur auf das Ergebnis, indem wir das rhythmische Spiel genießen, nicht nur den Kampf suchen, und die Bewegung selbst uns wichtig wird und nicht nur der Sieg.

5. Noch auf eine letzte Möglichkeit möchte ich hinweisen. Die in den letzten Jahren bei uns populär werdenden meditativen Praktiken aus östlichen Religionen haben uns mit einer Reihe von Körpertechniken bekanntgemacht, die hervorragend in unseren Zusammenhang passen. Schon die gegenstandslose Meditation als solche, das sogenannte »Sitzen in der Stille« ist eine Methode, die von Anfang an auf Körper und Atem zu achten lehrt, um über diesen Weg nach innen, zu sich selbst und darüber hinaus zu finden. Allerdings kann es sein, daß jemand sich erst dann in der Meditation zu spüren beginnt, wenn er vor die Zeit des stillen Sitzens eine Phase aktiven körperlichen Übens schaltet. Es gibt eine ganze Reihe von handlungsorientierten Meditationsmethoden, zum Beispiel Yoga, Aikido, Tai Tschi und ähnliche Systeme sowie den meditativen Tanz, der aus folkloristischen Reigentänzen entwickelt wurde. Diese Methoden entsprechen genau den genannten Anforderungen: Sie bringen uns in Kontakt mit dem Körper, helfen zur Harmonisierung unserer Energien und verbinden die Welt des Leibes mit der Welt des Geistes.

Richard führt uns in seinem Brief die für Männer typische Spaltung zwischen Geist und Körper vor. Den ganzen Tag über muß er seinen Kopf zu Höchstleistungen zwingen. Dann kommt er ausgebrannt nach Hause, will von all dem nichts mehr wissen und nur noch von seiner Frau mit Sexualität verwöhnt werden. Aus der Askese kippt er unvermittelt in die Gier. Die geduldige Befreundung mit dem eigenen Körper, so wie ich sie in diesem Kapitel zu skizzieren versucht habe, könnte zur Heilung dieser Spaltung führen.

Kapitel 5

# Sexualität – Fallen und Auswege

*Ich wollte ihre Liebe haben, wollte gewärmt und wieder aufgebaut werden. Darum brauchte ich immer wieder Sexualität.*

Von der Körperfreundlichkeit ist der Weg nicht weit zur Sexualität. Für die meisten Männer ist dies ein zentrales Thema. Sexualität ist ein Hauptklage- und Anklagepunkt in der Beziehung zwischen Männern und Frauen. Ich möchte in diesem Kapitel etwas ausführlicher darauf eingehen. Dabei werde ich jene Punkte nennen, die sich aus der Sicht von Männern als die besonders schwierigen darstellen, und Hinweise geben, wie man besser damit umgehen könnte.

## Zuerst Sex, dann Nähe?

Männer beklagen sich oft darüber, daß Frauen den Weg bis zum eigentlichen Geschlechtsakt über Gebühr in die Länge ziehen und ihre Geduld oder ihre Möglichkeiten damit arg strapazieren. Vorher muß ein ausführliches zärtliches Vorspiel stattfinden, davor liebevolle, persönliche Gespräche, und davor soll eine entspannte, streit- und streßfreie Atmosphäre herrschen, und davor und davor... Die Barrieren werden immer zahlreicher und höher, und es wird fast unausweichlich, daß der Mann auf diesem beschwerlichen Weg irgendwo stolpert – und seine Aussichten sind dann wieder einmal dahin. So stellt es sich aus der Sicht vieler Männer dar.

Für die Frauen ist es wieder einmal ganz anders: Für sie sind viele Männer auch in diesem Punkt ausgesprochene Beziehungsbarbaren. Sie fallen mit der Tür ins Haus. Mitten aus einem unerquicklichen Streit heraus oder nach einem Tag, an dem er kein persönliches Wort für sie hatte, will er unvermittelt Sex mit ihr. Frauen haben oft den Eindruck, daß sie den Männern zur bloßen Triebabfuhr dienen, daß ihre Sexualität nichts mit ihnen als Person, nichts mit der Beziehung zu tun hat, ja, daß sie manchmal nicht einmal mehr viel mit Lust zu tun hat. Sie dient eher der Spannungsabfuhr, wofür genauso ein kräftiges Jogging geeignet wäre. Oder Frauen fühlen sich in der Sexualität von den Männern als Mütter mißbraucht, die sie nähren und aufpäppeln sollen, was auf die Dauer jede Erotik absterben läßt.

Es ist wahr, Mann und Frau sind auch in ihren sexuellen Bedürfnissen und in ihrem Verhalten recht verschieden, und auf den Punkt gebracht heißt das, daß Männer schneller, leichter und direkter – also wieder mehr yang-haft – auf den Akt zusteuern, während es für Frauen wichtiger ist, daß dieser Akt in ein zärtliches Beziehungsgeschehen eingebettet ist, womit sie wiederum ihre stärkere Yin-Orientierung zeigen. Obwohl das nicht in jedem Einzelfall und in jeder Situation so ist, scheint mir diese Verallgemeinerung trotzdem berechtigt zu sein. Daraus erwächst eine Vielzahl möglicher Unstimmigkeiten. Denn häufig ist es so, daß der Mann erst unter dem Einfluß der Stärke des sexuellen Erlebens emotional auftaut und fähig zu all den zärtlichen Worten und Gesten wird, die sich die Frau von ihm wünscht. Die Frau aber bräuchte diese liebevollen Gesten und Worte vorher, um sich der körperlichen Lust öffnen zu können. In diesem Unterschied kann man sich leicht verhaken und polarisieren. Freilich ist das keineswegs ein unausweichlicher Prozeß.

Wenn man sich in der psychologischen Literatur umsieht, kann man ähnlich wie bei der Beziehungsgestaltung generell feststellen, daß es in der Sexualität so gehen »soll«, wie Frauen sich das wünschen. Dadurch entsteht vor allem bei fortschrittlicheren Paaren die Tendenz, in Sachen Sexualität die Wünsche der Frau zur Norm zu machen. Das ist als Gegenreaktion auf eine Zeit, in der allein die Wünsche des Mannes als Norm galten und keine Rücksicht auf die sexuellen Bedürfnisse der Frau genommen wurde, verständlich und eine berechtigte Gegenbewegung. Aber das Pendel droht manchmal etwas zu weit auszuschlagen. Gerade aufgeschlossene Männer neigen heute dazu, sich wegen ihrer sexuellen Vorlieben von vornherein ein schlechtes Gewissen zu machen und sich übermäßig um die Bedürfnisse der Frau zu kümmern, was ihnen dann womöglich sogar deren ungeduldige Bemerkung einträgt, sie sollten doch endlich aufhören, so zaghaft zu sein, und etwas kräftiger rangehen.

Tatsächlich bekommt es der Sexualität nicht, wenn jeder nur auf die Wünsche des anderen achtet. Das trifft auf die Frauen früherer Generationen zu, die sich ihren Männern unterwarfen, wie auch auf manche gutwilligen Männer heute, die es besser machen wollen als es dem üblichen Klischeebild vom Mann entspricht. Auch die Sexualität ist, wie alle Beziehung, ein lebendiges Wechselspiel, das nur lebendig und befriedigend bleibt, wenn bei beiden beide Seiten, die Yin- und die Yang-Seite, zur Geltung kommen. Auch hier gilt das Prinzip der Wechselseitigkeit, das heißt, daß beide Eigenarten zur Geltung kommen dürfen und beide sich wechselseitig auf die Eigenart des anderen einlassen müssen.

Zweifellos kann die Vorliebe der Frauen für ein längeres Vorspiel, für Atmosphäre und Gespräch dazu beitragen, daß Männer ihr sexuelles Verhalten kultivieren und es in das gesamte Beziehungsgeschehen einzubetten lernen. Manche verhalten sich, wenn sie die Lust überkommt, ja tatsächlich wie der berühmte Elefant im Porzellanladen. Darin zeigt sich, daß Männer häufig ihre Sexualität in einer charakteristischen Weise vom übrigen Lebensvollzug abspalten. Das hat wahrscheinlich auch biologische Wurzeln. Das ursprüngliche biologische Interesse an der Erhaltung der Art hat den männlichen Sexualtrieb mit einer so hohen Eigendynamik ausgestattet, daß er sich – ohne Rücksicht auf sonstige Beziehungsgegebenheiten – immer wieder in den Vordergrund drängt. Dazu kommt verstärkend, daß der heutige Mann in seiner Arbeitssituation oft gezwungen ist, den Körper und seine Bedürfnisse einfach auszuschalten. Intellekt und Wille laufen den ganzen Tag auf Hochtouren, der Körper wird völlig ausgeblendet. Kommt er nach Hause, »kippt« er plötzlich um: Nun scheint nur noch der körperliche Trieb zu existieren, der auf Befriedigung drängt und Verstand und Wille nicht mehr zum Zug kommen läßt. Männer können von Frauen tatsächlich lernen, zwischen den beiden Polen Körper und Geist Brücken zu bauen. Atmosphäre herzustellen, über tiefergehende Themen miteinander zu reden, körperliche Berührung (nicht nur der »erogenen Zonen«), Komplimente und kleine Aufmerksamkeiten sind solche Brücken, über die zu gehen die weibliche Eigenart Männer anregen kann. Die Vorlieben der Frau könnten so eine starke Herausforderung werden, die männliche Sexualität in die gesamte Person zu integrieren und sie als eine besonders intensive Form des liebenden Austausches mit der Partnerin zu entdecken.

Andrerseits kann aber auch die männliche Eigenart mit Sexualität umzugehen, durchaus Positives zur Beziehung beitragen. Vor allem die eigentliche Familienphase mit ihren Notwendigkeiten, sich um tausend Dinge zu kümmern, bringt es mit sich, daß Frauen in Haushalt und Kinderangelegenheiten so abtauchen, daß sich ihr Selbstverständnis mehr und mehr auf das Muttersein reduziert und sie ganz darauf vergessen, daß sie auch sexuelle Wesen sind. Diese Seite ihrer Identität geht in Windeln, in Kindergeschrei und Haushaltskleinkram unter. Männer stehen nicht so leicht in der Gefahr, die Sexualität zu vergessen. Aus den angegebenen Gründen haben sie in der Regel auch mitten im Streß, mitten im Gewoge der Familie, ja sogar mitten aus einem Streit heraus noch Lust, mit der Frau zu schlafen. Das wird ihnen zuweilen zum Vorwurf gemacht und führt ja auch des öfteren zu ungeschicktem Verhalten. Man kann es aber auch positiv sehen. Der Mann hält damit ein wichtiges Lebensthema wach, nämlich das der Lust inmitten der Pflicht. Würde er nicht immer wieder einmal auf Sexualität drängen, bestünde die Gefahr, daß das Leben sich im Organisieren und Versorgen erschöpfen würde.

Es gibt Frauen, die das auch ausdrücklich anerkennen: »Ich bin froh, daß er immer wieder auf mich zukommt und mit mir schlafen will. Wenn das auch manchmal nicht das große Fest der Sinne ist, es ist doch schön, daß es überhaupt stattfindet. Wenn es nur auf mich ankäme: Ich würde mich dazu nicht aufraffen, meine Müdigkeit würde Sieger bleiben!« Solche Frauen machen deutlich, daß die Männer ihnen mit ihrer direkteren Art über eigene Barrieren hinweghelfen können. In der Regel freuen sich Männer über eine solche Anerkennung sehr, ja sie hungern förmlich danach, weil sie in diesem Zusammenhang meist nur Kritik und Abwertung einzustecken haben.

Die Tatsache, daß Männer schneller und häufiger auf Sexualität dringen als Frauen, kann also auch als etwas durchaus Positives für die Beziehung angesehen werden. Für die Art und Weise, wie sie dieses Bedürfnis dann zur Geltung bringen, dafür wiederum können sie dann von der mehr bezogenen Art der Frauen Wichtiges lernen. Das würde beiden zugutekommen, und es könnte dazu beitragen, daß die Sexualität nicht immer wieder zum Hauptschlachtfeld des Geschlechterkampfes geriete. Vielmehr würde so wiederum ein wechselseitiger Prozeß in Gang gesetzt, bei dem einer vom anderen nehmen und einer dem andern geben, also die Liebe ständige Nahrung erhalten würde.

## Wenn er es ihr nie recht machen kann

Wir haben gesagt: In Sachen Sexualität hat der Mann (auch) durchaus von der Frau zu lernen. Das schließt aber nicht aus, daß er sich auch einen kritischen Blick bewahrt. Die Sexualität kann nämlich zu einem Hauptschauplatz ehelicher Machtspiele werden. Seine Bedürftigkeit macht den Mann hier angreifbar, und das kann von der Frau auch ausgenutzt und destruktiv eingesetzt werden. So kommt es nicht selten vor, daß die Frau hinter ihren ständigen Wünschen, daß es der Mann doch immer noch ein bißchen anders machen, daß er zärtlicher oder zupackender, geduldiger oder vorandrängender, einfühlsamer oder kraftvoller sein solle, ihre Neigung verbirgt, die Kontrolle über das Geschehen zu behalten, ihn zu dominieren und sich nicht hinzugeben. Dann wäre zu fragen: Woher kommt das Bedürfnis, in dieser Weise die Mächtigere zu sein? Stimmt vielleicht sonst in der Beziehung die Verteilung der Macht nicht? Braucht die Frau hier einen Ausgleich, weil sonst überall der Mann dominiert? Solche Fragen zu stellen wäre nützlich, wenn sich Männer von ihren Frauen in ihrem sexuellen Verhalten ständig gemaßregelt fühlen.

Es könnte aber auch sein, daß es bei diesem »Es-ständig-immer-anders-haben-Wollen« um ein anderes Problem geht, zum Beispiel, daß die Frau echte Schwierigkeiten mit der Körperlichkeit des Mannes hat, daß sie seinen Geruch, seinen Penis, seinen Körperbau eigentlich ablehnt. Das könnte der tiefste Grund sein, warum sie an ihm herummacht, wie er sich auch immer verhalten mag. Sollte diese oder eine ähnliche Vermutung naheliegen, wäre es höchste Zeit zu einer ernsthaften Auseinandersetzung. Etwas Grundlegendes wäre dann in der Beziehung nicht in Ordnung. Es kann sein, daß sich hier Probleme zeigen, die auf einer fortschreitenden Entfremdung zwischen den Partnern oder auf gegenseitigen Verletzungen in der Vergangenheit beruhen. Es kann aber auch sein, daß hier tiefe Abneigungen sichtbar werden, deren Wurzeln bis tief in die Kindheit zurückreichen.

## Sexualität als Ersatzbefriedigung

Männer, die sich häufig darüber beklagen, daß ihre Frauen viel zu selten mit ihnen schlafen, möchte ich zu folgender Überlegung anregen: Es kommt immer wieder vor, daß Sexualität bei Männern für etwas steht, das eigentlich nichts mit Sexualität zu tun hat. Wir haben schon davon gesprochen, daß Sexualität manchmal lediglich der Spannungsabfuhr dient oder daß darin Trost und emotionale Nahrung gesucht wird. Auch aggressive Impulse entladen sich im sexuellen Verkehr. Das ist keineswegs verwerflich, sondern natürlich und entspricht der umfassenden Bedeutung, die der Sexualität zukommt. Problematisch wird es allerdings dann, wenn sich in der Sexualität nur noch solche Zustände und Empfindungen ausdrücken oder darin gesucht werden. Denn dann droht die Gefahr, daß die Sexualität ein Ventil für alle möglichen Gefühle und Bedürfnisse wird, die sonst nicht erlaubt sind oder nicht ausgedrückt werden »dürfen«. Dadurch bekommt die Partnerin mit Recht das Gefühl, daß es dabei nicht mehr um sie, nicht mehr um ihren Körper, nicht mehr um ihre Attraktivität geht, also nicht mehr um Liebe, sondern nur noch um den Mann, seinen Körper, seine Empfindungen. Es liegt dann nahe, sich für die Angelegenheiten des anderen mißbraucht zu fühlen.

Dieses Problem begegnet mir nicht selten in folgender Gestalt: Das Leben des Mannes ist ausschließlich von Pflichterfüllung, harter Arbeit, großem Druck und fast ausschließlich zweckorientiertem Tun bestimmt. Die »andere Seite«, das Spielerische, Zwecklose, Genuß, Entspannung, die Muße und das Musische sind fast vollkommen aus seinem Leben verschwunden. Während Arbeit, Pflicht und Druck, wenn sie überhandnehmen, bei der Frau das Interesse am Sex eher dämpfen, ist das beim Mann meist anders. Bei ihm »funktioniert« es häufig immer noch. Das hat zur Folge, daß das gesamte Bedürfnis nach der Lustseite des Lebens sich bei ihm nun ausschließlich auf den sexuellen Genuß konzentriert. Hier sucht er, was sonst in seinem Leben nicht mehr vorkommt: Freude, Enspannung, Nähe, Trost, Erregung und Faszination.

Das Tragische dabei ist freilich, daß die Sexualität das auf die Dauer nicht »aushält«, sie wird dadurch überfordert, und zwar in zweifacher Hinsicht: Wenn sie nicht eingebettet ist in ein Leben, in dem insgesamt Lust, Freude und Genuß auch anderer, nicht nur sexueller Art eine Rolle spielen, verliert sie oft selber diesen Charakter und nimmt die Züge des übrigen Lebens des Mannes an: Sie wird zwanghaft, stereotyp und zweckgerichtet. Sie wird zu einer zu absolvierenden Leistung, die nur noch wenig mit Leidenschaft, Erotik und lustvollem Spiel der Geschlechter zu tun hat.

Damit aber – und das ist der zweite Aspekt – wird diese Art von Sexualität für Frauen immer weniger attraktiv. Sie fühlen sich funktionalisiert, und diese Sexualität macht ihnen keinen Spaß mehr. Das aber verdirbt den Männern dann oft die »letzte Freude am Leben«, die sie noch zu haben meinen, und stürzt sie deshalb oft in Wut und Depression.

Wenn eine übermäßige Diskrepanz zwischen dem Bedürfnis des Mannes nach Sexualität und der Bereitschaft der Frau, dabei mitzumachen, vorhanden ist, scheint es mir also wichtig, daß der Mann sich fragt: Äußert sich in diesem meinem Bedürfnis nicht überhaupt die »Sehnsucht nach dem ganz anderen Leben«? Wo habe ich, außer im Bett, eigentlich noch Quellen der Freude, des Genusses und des Sinns? – Mit solchen Fragen würde die Blickrichtung von der Frau, die sich ihm versagt, weg auf ihn selber gerichtet. Die sexuelle Frustration würde zum Anlaß, sein Leben in einem umfassenderen Sinn zu befragen: Bin ich da nicht in eine totale Engführung hineingekommen? Wie kann ich der »anderen Seite« des Lebens wieder ihr Recht einräumen? Wie kann ich zu einem stimmigeren Rhythmus von Anstrengung und Entspannung, von Aktivität und Passivität, von Pflichterfüllung und Muße finden? Und könnte es vielleicht sein, daß sich in meinem sexuellen Bedürfnis auch die Sehnsucht nach »höherem«, nach geistigem »Genuß« äußert? Wann habe ich das letzte Mal aufmerksam Musik gehört, wann einen Roman gelesen, wann war ich zum letzten Mal im Theater? Und schließlich: Habe ich auch schon einmal daran gedacht, daß sich in der Sehnsucht nach der erotischen Ekstase auch ein religiöses Bedürfnis äußern könnte? In den alten Religionen lagen sexuelle und spirituelle Ekstase oft viel näher zusammen als wir es uns heute vorstellen können. Und interessanterweise beschreiben große Mystiker ihre Erfahrungen in einer oft sehr erotischen Sprache. Könnte es also sein, daß in meiner Sehnsucht nach der sexuellen Vereinigung auch eine Frage meiner Existenz zum Vorschein kommt, die eine religiöse Antwort bräuchte?

Jedenfalls dann, wenn der Betroffene selbst sein sexuelles Bedürfnis als übermäßig und dessen Befriedigung als schwer erreichbar empfindet, oder wenn ihm das von seiner Partnerin immer wieder rückgemeldet wird, könnte es nützlich sein, in dieser Weise den Blick zu weiten hin auf jene Seiten des Lebens, die womöglich seit Jahren notorisch zu kurz kommen.

## Wenn es an der Lust fehlt

Sexualtherapeuten stellen heutzutage ein auffallendes Phänomen fest: Unter den Problemen, mit denen Menschen zu ihnen kommen, nimmt das der sexuellen Lustlosigkeit in den letzten Jahren deutlich zu.[20] Das ist nicht nur bei Frauen der Fall, sondern immer häufiger auch bei Männern, und zwar nicht nur bei älteren, sondern auch schon bei jungen. Organische Ursachen im klassisch-medizinischen Sinn sind dafür nur in den seltensten Fällen auszumachen. Manche Berichte der letzten Zeit lassen vermuten, daß für das Abnehmen der sexuellen Lust unter anderem auch schädliche Umwelteinflüsse verantwortlich sein könnten, aber darüber wissen wir noch wenig. Auf jeden Fall spielen seelische Ursachen dafür eine entscheidende Rolle.

Mit seelischen Ursachen meine ich hier nicht in erster Linie traumatische oder auch nur einschränkende Erfahrungen aus der Kindheit der Betroffenen, obwohl sie natürlich nicht auszuschließen sind. Manche Männer machen es sich hier allerdings relativ leicht. Wenn es Probleme mit dem sexuellen Erleben gibt, sind sie geneigt, zu ihren Frauen zu sagen: »Du mußt wohl mal zum Psychiater gehen und in deiner Vergangenheit nachschauen lassen, bei dir scheint da was nicht zu stimmen!« Damit sind sie »aus dem Schneider«, denn die Ursache muß wohl bei der Frau und ihren Kindheitserlebnissen liegen. Natürlich spielen die Erfahrungen mit Sexualität in den Herkunftsfamilien – allerdings bei beiden! – eine

Rolle. Aber um das Graben in der Vergangenheit nicht dazu zu benützen, im anderen den »Schuldigen« auszumachen, lohnt es sich in jedem Fall, zuerst die aktuelle Gegenwart der Beziehung, ihre Gestaltung und das Zusammenspiel mit der Partnerin ins Auge zu fassen. Sexuelle Probleme sind oft viel mehr von der Art bedingt, wie Mann und Frau zusammenleben und wie sie miteinander umgehen als von Kindheitserlebnissen.

Ein zentrales Thema in diesem Zusammenhang ist die richtige Balance in der Beziehung zwischen Nähe und Distanz der Partner. Nach aller Erfahrung ist sie entscheidend für eine lebendige Sexualität. Was »richtig« ist, läßt sich freilich nicht so ohne weiteres und allgemeingültig definieren. Hier gibt es für jedes Paar große individuelle Unterschiede. Dennoch läßt sich von den Extremen, vom Extrem »zu großer« Nähe und vom Extrem »zu großer« Distanz her einiges zu dieser Frage sagen.

1. Sexualität braucht Nähe und Vertrautheit. Zu große Distanz schafft Fremdheit, und das Fremde läßt uns entweder gleichgültig oder macht – wenn es uns zu sehr »auf die Pelle rückt« – angst. Werfen wir von da aus einen Blick auf Richard und Elke. Elke lebt zunächst viele Jahre in ihrer Hausfrauen-Kinder-Welt und in intensivem Kontakt zu ihrer Herkunftsfamilie und den Frauen ihres Heimatortes. Richard lebt vorwiegend in seiner Berufswelt. Beide schaffen es nicht, dem anderen ihre Welt nahezubringen. Vor allem Richard *»kann und will nicht sprechen«*, und er sperrt sich gegen die »Psychodiskussionen« seiner Frau. Die Folge davon sind Fremdheit und Entfremdung. Richard will immer wieder mit ihr schlafen – Sexualität ist sein Versuch, ein Brücke herzustellen. Aber verständlicherweise klappt das immer weniger, weil beide immer weiter auseinanderdriften und mit Vorwurf und Trotz aufeinander reagieren.

Das ist typisch für die eigentliche Familienphase, in der die Frauen alle Hände voll mit den Kindern und die Männer alle Hände voll mit ihrem Beruf zu tun haben. Die Distanz, die zwischen den Eheleuten entsteht, erschwert eine lebendige Sexualtiät sehr, weil sie zu viel Fremdheit voneinander mit sich bringt. Richard erkennt wie viele seiner Geschlechtsgenossen nicht, daß das Gespräch, das Elke von ihm wünscht, gerade jenes Maß an Vertrautheit schaffen könnte, das es ihr ermöglichen würde, sich auch sexuell wieder auf ihn einzulassen.

Später, als die Kinder Elkes Fürsorge nicht mehr brauchen, versucht und schafft sie den Einstieg als Apothekerin in ihren Beruf. Das könnte zu einer Neubelebung auch der sexuellen Beziehung führen, weil sie nun etwas hat, was sie Richard gegenüber ebenbürtig macht. Aber unter den geschilderten Voraussetzungen trägt es nur zur weiteren Entfremdung bei. Elke entfaltet sich in ihrer Berufstätigkeit, ist mit Begeisterung dabei, hat das Gefühl, jetzt endlich ihre Jugendträume zu verwirklichen. Richard dagegen ist müde geworden und beginnt um diese Zeit gerade daran zu zweifeln, ob sein Beruf wirklich seine »Berufung« war. Die beiden driften noch mehr auseinander. Das müßte nicht so sein, aber weil sie über diese unterschiedliche Lebensituation nicht miteinander kommunizieren, läuft es darauf hinaus. So kommt ihre Sexualität fast völlig zum Ersterben, denn die Lustlosigkeit erfaßt nun auch ihn.

Aus dem Gesagten ergibt sich für Richard und für viele Männer in seiner Situation: Eine Sexualtherapie im eigentlichen Sinn oder gar der Einsatz irgendwelcher stimulierender Mittel wären hier völlig fehl am Platz. Das erste und wichtigste wäre, Brücken über den großen Graben zur Ehefrau hin zu bauen, also zu versuchen, diese Fremdheit zu überwinden. Mag sein, daß im Falle Richards der Graben schon zu breit geworden und das andere Ufer, an dem Elke sich befindet, nicht mehr erreichbar ist. Würde sich dies herausstellen, wäre das ja auch ein Ergebnis, das Alternativen eröffnen könnte. In sehr vielen Fällen ist aber ein Brückenschlag noch möglich. Es käme darauf an, aus dem »wunschlosen Unglück« (Peter Handke) aufzubrechen, das Herz in die Hand zu nehmen, einen Anfang zu versuchen und ehrlich zu sagen, wie es mir mit diesem lust- und spannungslosen Nebeneinanderherleben wirklich geht und was es mir wirklich ausmacht, keine Sexualität oder nur noch so wenig zu haben. Vielleicht wäre das mit Tränen des Schmerzes und der Wut verbunden, aber es würde eine neue Art von Kontakt schaffen, und dieser Kontakt könnte die erste Voraussetzung zum Wiederaufleben der Erotik sein. Nötig wäre allerdings, die Scheu, die Männern beim Sprechen über sexuelle Themen oft eigen ist, zu überwinden und den lethargischen Zustand, an den man sich gewöhnt hat, zu beenden, auch wenn das in vielerlei Hinsicht »peinlich« ist.

2. Sexualität braucht aber nicht nur Nähe und Vertrautheit, sie braucht auch Distanz. Verhaltensbiologen haben herausgefunden, daß die familiäre Nähe zwischen Kindern und Eltern und unter Geschwistern schon im Tierverbund eine Barriere für sexuelles Erleben und sexuelle Betätigung schafft, ein offenbar biologisch bedingtes Inzest-Tabu. Norbert Bischof nennt diese Nähe »primäre Vertrautheit«, und er unterscheidet sie von der »sekundären Vertrautheit« die zwischen Sexualpartnern entsteht, weil in ihr ein Schuß Fremdheit erhalten bleibt.[21] Es ist aber häufig zu beobachten, daß Paare so miteinander leben, daß es viel mehr der primären Eltern-Kind- oder Geschwister-Vertrautheit entspricht als der sekundären zwischen Sexualpartnern. Man spürt das und erfaßt es intuitiv: Manche Paare muten einen an wie Geschwister, andere rufen unwiderstehlich die Assoziation »Mutter-Sohn« oder »Vater-Tochter« hervor. Primäre Vertrautheit, sagen die Verhaltensbiologen, blockiert die sexuelle Attraktion. Man lebt friedlich und vertraut zusammen, aber man kommt nicht mehr auf die Idee, miteinander leidenschaftlich zu sein.

Die Leidenschaft mindernde Wirkung der quasi-primären Vertrautheit mancher Paare wird oft noch durch einen Vorgang verstärkt, den die Psychologie »Übertragung« nennt. Vor allem, wenn eigene Kinder da sind und der Mann die Frau im Umgang mit ihnen als Mutter und die Frau den Mann als Vater erlebt, aber auch schon unabhängig davon, neigen Männer dazu, in der Ehefrau die Eigenschaften und Eigenheiten der Mutter zu sehen, genauso wie das auch umgekehrt bei den Frauen ihren Männern gegenüber hinsichtlich ihrer Väter der Fall ist. Je mehr der Mann aber in der Frau die Mutter und je mehr die Frau im Mann den Vater sieht, desto mehr wird auch das Inzest-Tabu der Herkunftsfamilie aktualisiert und die Leidenschaft blockiert. Bei Richard wird das deutlich spürbar: Je mehr Elke auf eigenen Beine kommt und eine »starke Frau« wird, desto mehr strebt er weg von ihr wie von der Mutter und träumt von mädchenhaften Frauen, mit denen er wieder Leidenschaft erleben könnte.

Bei Richard scheint also beides zusammenzuspielen: zu viel Distanz und zu viel Nähe. Das klingt paradox, klärt sich aber sogleich, wenn wir beachten, daß dies verschiedene Ebenen der Beziehung betrifft. Auf der Partnerebene – als Mann und Frau – sind er und Elke sich fremd geworden, im Familienverband dagegen ist eine Art »primärer Vertrautheit« zu Elke wie zu einer Mutter entstanden. Beides blockiert die sexuelle Lust, und auf beides würden potenzsteigernde Mittel oder eine verhaltensorientierte Sexualtherapie kaum Einfluß haben. Ein Wende könnte nur eintreten, wenn Richard die Auseinandersetzung mit Elke wagen und damit die Beziehung insgesamt in eine neue Phase führen würde.

Zu viel Nähe und Bindung schadet also der Leidenschaft, aber auch zu viel Distanz und Fremdheit. Wenn die Sexualität nicht oder nicht mehr befriedigend ist, ist es deshalb nützlich, dieses Verhältnis zu überprüfen. Natürlich kann das nicht ein für allemal in einer Beziehung festgelegt werden. In den unterschiedlichen Lebensphasen gibt es auch unterschiedliche Bedürfnisse, bald mehr in die eine Richtung, bald in die andere. So muß die Balance immer wieder neu bestimmt werden. Viele Männer sind der Meinung: »So ist es eben, wenn man länger zusammenlebt und älter wird. Dann ist sexuell nicht mehr viel los.« Das ist ein Irrglaube. Wenn die sexuellen Bedürfnisse wie bei Richard abnehmen und die sexuelle Attraktivität der Partnerin geringer wird, liegt das auf keinen Fall nur am fortschreitenden Alter oder an der langen Dauer der Beziehung. Es muß auch keine individuelle »Macke« des einen oder anderen die Schuld tragen, sondern sehr häufig ist es eine Folge dieser nicht mehr stimmenden Balance. Immer wieder zeigt sich, daß auch bei älteren und langjährig zusammenlebenden Paaren die Sexualität wieder neu belebt wird, wenn sie ihr Nähe-Distanz-Muster verändern. Dann können sie sich mit einem Mal auch sexuell wieder neu begegnen und erleben. Das braucht allerdings den Mut, aus Gewohnheit und Resignation aufzubrechen und Neues in der Beziehung zu versuchen.

## Zerstörerische Verletzungen

Über die Prüfung des gegenwärtigen Nähe-Distanz-Musters hinaus kann es freilich auch nützlich sein, den Blick in die Vergangenheit zu richten, wenn es sexuell nicht mehr so richtig klappt. Allerdings meine ich hier immer noch nicht die frühe Vergangenheit der Kindheit, sondern die Vergangenheit der Paarbeziehung selbst. Die Art und Weise, wie diese Geschichte gelaufen ist, kann manchmal die Ursache dafür sein, daß Liebe und Leidenschaft gestorben sind. Ich spreche hier von den Verletzungen, die sich die Partner im Laufe ihres Zusammenlebens zugefügt haben, Verletzungen, die nicht verarbeitet und nicht verziehen wurden.

Wieder ist festzustellen, daß die Frau und ihr Körper im Vergleich zum Mann und seinem Körper meist die sensibleren sind. Oft gegen das bewußtes Wissen und Wollen der Frau befindet sich ihr Körper im Bett im Generalstreik: Sexuell geht überhaupt nichts mehr. Damit protestiert sie, ohne daß es ihr bewußt wäre, manchmal gegen eine Verletzung, die ihr der Mann vielleicht vor Jahren zugefügt hat. Sie hat es vielleicht selbst längst vergessen wollen, hat sich vielleicht selbst empfindlich und nachtragend gescholten und versucht, darüber hinwegzugehen. Aber es hat nichts genützt. Wie unter nicht erneuerten Verbänden eitert die schwärende Wunde und schmerzt noch immer, – und mit einer solchen Wunde kann man schlecht Leidenschaft empfinden. Häufig datieren solche Verletzungen aus der ersten Zeit der Beziehung, als die Erwartung noch hoch und die Enttäuschung deshalb kraß war. In Richards Brief lesen wir von solchen Verletzungen: Die Art und Weise, wie Richard Elke mit der kleinen Monika alleinließ und vor allem sein unglückliches Fernbleiben bei Michaels Geburt hinterließen ihre Spuren. Bei allen Erklärungen und Entschuldigungen, die es dafür gab und die sie sich auch selber immer wieder vorgesagt haben mag: Diese Verletzungen in besonders sensiblen Situationen der Beziehungen saßen – und wirken weiter.

Von solchen Verletzungen durch ähnliche Mißgeschicke oder Ungeschicklichkeiten der Männer höre ich immer wieder: Der eine macht kurz nach einem für seine Partnerin sehr schwierigen Umzug eine große Reise mit seiner Mutter.

Die Frau kann nicht mitkommen, weil sie gerade ihre neue Stelle antritt – damit »entschuldigen« beide die Situation, und Jahre danach erst wird der Frau das riesige Ausmaß der Verletzung bewußt, das er ihr damit zugefügt hat. Ein anderer zieht mit seiner Frau in sein Elternhaus, wird wieder zum Sohn und getraut sich nicht, seine Frau vor den Anfeindungen seiner Familie in Schutz zu nehmen. Die Frau fühlt sich alleingelassen und verraten. Ein Dritter will unbedingt gleich nach der Geburt des ersten Kindes mit seiner Frau wieder schlafen. Diese meint, sich nicht abgrenzen zu dürfen, macht mit, es tut ihr furchtbar weh, und die Enttäuschung über so wenig Einfühlung ist riesengroß...

Manchmal greift sich der Außenstehende an den Kopf darüber, was so alles geschieht zwischen Partnern. Meist ist es beim Mann gar keine Böswilligkeit, nur ein schrecklicher Mangel an Einfühlung, Ungeschick und nicht selten ein unglaubliches Maß an Uninformiertheit, die zu solchem Verhalten führen. Aber es nützt nichts, dies als »Entschuldigung« ins Feld zu führen, wie es – von beiden – oft geschieht, denn die Verletzung sitzt dennoch tief in der Seele. Wird sie nicht anerkannt, wiedergutgemacht und ausdrücklich verziehen, sondern weggesteckt, verschwindet sie keineswegs. Vielmehr wird sie zu jener schwärenden Wunde, die auf die Dauer die Liebe vergiftet und die Leidenschaft tötet.

Aus diesem Grund würde es sich, wenn die Lust zwischen Partner erstorben ist, lohnen, in der Paargeschichte nachzuschauen, ob derartige Dinge passiert sind. Manchmal gibt es deutliche Hinweise durch den Zeitpunkt, an dem die sexuelle Entfremdung begonnen hat. Was ist damals geschehen? Habe ich damals irgend etwas getan oder nicht getan, was meine Frau verletzt haben könnte?

Männer neigen dazu zu meinen, man könne solche Ereignisse ungeschehen machen, indem man nicht mehr an sie rührt. »Warum denn immer das Alte wieder aufrühren!« Aber vielfältige Erfahrung zeigt: Es bringt nichts zu versuchen, solche Ereignisse dem Vergessen anheimzugeben. Sie mögen vergessen sein – ihre Wirkung entfalten sie dennoch weiterhin. Unerledigte, unverziehene Verletzungen müssen noch einmal offen gemacht werden, auch wenn das beiden sehr wehtut, genauso wie es wehtut, den alten Verband von der schwärenden Wunde abzureißen. Aber jeder weiß, daß das die erste Voraussetzung dafür ist, daß sie behandelt werden und heilen kann. Das wäre der erste Schritt.

Aber wenn nun die Wunde wieder offen liegt, wie geht es dann weiter? Ich glaube, es gibt bei Männern eine große Hilflosigkeit beim Umgang mit solchen Situationen. Wie macht man Verletzungen wieder gut? Sicher nicht, so haben wir gesagt, indem man sie »vergißt«. Aber auch nicht damit, daß man sie »wegredet«, sich und der Partnerin auszureden versucht. Was hier nötig ist – zweiter Schritt! –, ist die Anerkennung der Tatsache, daß man verletzt hat. Eine Aussöhnung scheitert in vielen Fällen bereits hier. »Aber ich hab das damals doch nicht so gemeint!« – »Aber ich habe das ja gar nicht gemerkt!« – »Aber ich war damals selbst so schwach oder ahnungslos oder, oder...« Damit wird eine Verletzung nicht aus der Welt geschafft. In der Regel kommt vielmehr eine neue hinzu. Denn dadurch streitet er der Partnerin nun ihr Erleben und ihr Gefühl ab – und alles wird nur schlimmer als es war.

Hier ist eine wichtige Regel zu beachten: Nicht die *Absicht* ist wichtig, die mein Tun leitete, entscheidend ist der *Effekt*, den es hatte. Wenn meine Partnerin sich dadurch verletzt gefühlt hat, habe ich sie verletzt, ob ich das wollte oder nicht. Darum ist es das Erste und Grundlegende, daß ich die Verletzung anerkenne, ob ich sie beabsichtigt habe oder nicht. Zum Beispiel kann ich so oder ähnlich sagen: »Ja, ich habe dich damit wirklich verletzt, ich sehe und verstehe das! Es ist schlimm, was ich dir damit zugefügt habe.« Für nähere Erklärungen ist vielleicht später Zeit. Füge ich sie sofort an, hat es fast immer schlechte Wirkungen. Die Frau ist enttäuscht, weil sie schon wieder das »aber« hört, mit dem ich mich herausreden will.

Das nächste, was es braucht, damit eine Verletzung mit ihren zerstörerischen Wirkungen unschädlich gemacht werden kann – dritter Schritt –, ist die Bitte um Verzeihung: »Es tut mir leid. Bitte verzeih mir!« Viele Männer tun sich schrecklich schwer, einen solchen Satz über die Lippen zu bringen. Die Zahl derer, die in der Kindheit von ihren Vätern in schlimmer Weise gedemütigt worden sind, ist erschreckend groß. Sie haben sich darum unter Umständen geschworen, sich nie mehr in eine solche Situation bringen zu lassen. Tun sie sich deshalb so schwer, als Erwachsene etwas einzugestehen und um Vergebung zu bitten? Man muß unterscheiden lernen: Die Kindheitssituation ist eine andere als diejenige, um die es hier geht. Für etwas, das ich als Erwachsener wirklich getan habe, die Verantwortung zu übernehmen und um Vergebung zu bitten, ist nicht ehrenrührig, sondern in höchstem Maß respektabel.

Sehr oft ist die Bitte um Vergebung der entscheidende Schritt, der es der Partnerin ermöglicht, die Verletzung loszulassen und sich auszusöhnen. Aber es kann manchmal noch hilfreich oder auch nötig sein, einen weiteren – vierten Schritt – zu tun, nämlich eine Wiedergutmachung durch Handeln anzubieten.

Ein Beispiel: Es ist deutlich geworden, daß ein früherer Seitensprung des Mannes immer noch die Beziehung belastet. Das wurde offen ausgesprochen, vom Mann als Verletzung der Ehefrau anerkannt, und er hat sie um Verzeihung gebeten für das, was er ihr damit angetan hat. Dennoch und obwohl die Frau es sich wünscht, bleibt es für sie schwierig, sich wieder auf den Mann einzulassen. In so einem Fall kann es angemessen sein, eine Wiedergutmachung anzubieten – etwas, das ihn wirklich etwas »kostet« (materiell und/oder seelisch), und das ihr sehr gefällt oder das sie sich schon lange gewünscht hat. Das können ganz unterschiedliche Dinge oder Handlungen sein, sie müssen allerdings in einem angemessenen Verhältnis zur angetanen Verletzung stehen. In der Regel weiß jeder sofort, was das in seinem Fall sein müßte. Wenn nicht, kann er auch die Partnerin fragen, was sie als Wiedergutmachung erleben würde. Das könnte eine Reise sein, die er für beide organisiert, ein Geschenk oder eine besondere Leistung, die er zu ihrer Unterstützung erbringt. Diese Tat der Wiedergutmachung schafft häufig eine große Erleichterung. Sie stellt das angemessene Gegengewicht zur Verletzung dar und ermöglicht beiden, dem Mann wie der Frau, sich wieder als ebenbürtige Partner gegenüberzutreten, was dann häufig auch die Erotik wieder lebendig macht.

Verletzungen auf diese Weise wiedergutzumachen, setzt allerdings dreierlei voraus: Erstens braucht es die grundlegende Bereitschaft des Verletzten, die Verletzung auch loszulassen.

Dies ist nicht selbstverständlich, weil sich unverziehene Verletzungen hervorragend als Kampfmittel in einem destruktiven Beziehungsclinch eignen. Man verzichtet auf Macht, wenn man Verletzungen verzeiht. Zweitens muß das Verfahren natürlich auch umgekehrt möglich sein; dann nämlich, wenn der Mann der Verletzte ist und die Frau ihm die Verletzung zugefügt hat. Das aber wiederum setzt voraus – und das ist das Dritte –, daß beide Partner einen Umgang mit Verletzungen, wie ich ihn geschildert habe, als eine Art gültiges »Ritual« für ihr Zusammenleben akzeptieren und als Bestandteil in ihre Beziehungskultur aufnehmen und praktizieren.

Man kann ein solches Ritual natürlich auch im Sinne eines billigen »Loskaufs« verstehen, und man kann daraus auch ein buchhalterisches Aufrechnen machen, das ins Uferlose führt. So wie jeder konkrete Vorschlag kann auch dieser mißbraucht und ad absurdum geführt werden. Meine Erfahrung allerdings ist, daß Paare, und vor allem Männer, die an der Last jahrelanger Verletzungen tragen und keinen Ausweg finden, in diesem Vorgehen einen Wegweiser sehen, der ihnen in einem besonders schwierigen Gelände die Richtung zeigt.

Manchen Lesern werden diese Vorschläge sehr ungewohnt erscheinen. Sie enthalten Worte und Handlungsweisen, die völlig aus dem Alltagsrahmen herausfallen. Erfahrungsgemäß aber bedarf es, wenn durch Verletzungen die Liebe erkaltet ist, derart außergewöhnlicher Schritte. Erst dadurch wächst den Betroffenen die Kraft zu, Altes loszulassen und einen neuen Anfang zu machen. Wer sich nicht zutraut, so unkonventionell an alte Verletzungen heranzugehen, kann sich dabei auch durch eine/n Berater/in oder Therapeuten/in, die/der in der Arbeit mit Versöhnungs- und Wiedergutmachungsritualen bewandert ist, helfen lassen.

**Wenn er nicht (mehr) kann...**

Das Gesagte ist aber noch nicht alles. Wir haben bisher ausschließlich von seelischen Faktoren gesprochen. Richard schreibt:

*»Seit einiger Zeit merke ich, daß meine Manneskraft nachläßt. Es können Wochen vergehen, ohne daß mir auch nur der*

*Gedanke an Sexualität kommt, und wenn, dann ist es eher die Beunruhigung darüber, daß sich nichts mehr rührt, als das Verlangen danach.«*

Bei Männern in Richards Alter müssen wir beim Entstehen von sexueller Lustlosigkeit doch auch noch den Faktor Biologie einkalkulieren. Richard ist ein Endvierziger, also bereits deutlich jenseits der Lebensmitte. Es gibt hier natürlich sehr große individuelle Unterschiede, aber unleugbar ist eine Tatsache, die von Männern meistens verdrängt wird oder über die sie sich gerne hinwegwitzeln: Es gibt auch ein männliches Klimakterium. Dieses besteht darin, daß etwa ab der Lebensmitte die sexuelle Kraft sehr langsam, aber stetig und unaufhaltsam abnimmt.[22]

Das Klimakterium des Mannes unterscheidet sich in mehrfacher Hinsicht vom Klimakterium der Frau. Zunächst ist es nicht so eindeutig an einem physiologischen Faktum wie dem Ausbleiben der Mensis festzumachen. Der Mann bleibt auch weiterhin zeugungsfähig, während die Frau mit dem Klimakterium ja unfruchtbar wird. Damit hängt zusammen, daß die Veränderungen beim Mann in der Regel unmerklicher und undramatischer vor sich gehen. Die Frau kann nicht umhin, ihr Klimakterium zur Kenntnis zu nehmen, der Mann kann so tun, als gäbe es das seine nicht.

Dies ist aber leider nicht der Fall, auch das Klimakterium des Mannes ist eine biologische Tatsache, allerdings vollzieht es sich sehr unterschiedlich zu dem der Frau. Bei der Frau wird die sexuelle Erlebnisfähigkeit, wenn überhaupt, meist nur vorübergehend beeinträchtigt. Nach der Zeit der hormonellen Umstellung und Einstellung auf die neue Situation kehrt die Fähigkeit zum sexuellen Erleben wieder und pendelt sich etwa auf demselben Niveau ein, auf dem es vorher war. Beim Mann ist das nicht so. Er erlebt einerseits keinen so dramatischen Einschnitt, damit auch keine so greifbare Krise, jedoch nimmt seine sexuelle Erlebnisfähigkeit in der zweiten Lebenshälfte unaufhaltsam und unumkehrbar ab. Insofern könnte es tatsächlich sein, daß Richard bei sich selbst auch einen zum Teil physiologisch bedingten Prozeß erlebt, wenn er feststellt, daß bei ihm »nichts mehr los« ist.

Er reagiert darauf sehr verzweifelt, und so reagieren viele Männer im Grunde ihres Herzens, weil es ja tatsächlich auf einer bestimmten Ebene ein Abnehmen der Männlichkeit bedeutet. Es widerspricht zudem diametral den gängigen Klischeevorstellungen vom Mann, und dies ist auch der Grund dafür, daß diese Tatsache oft verborgen und überspielt wird. Es liegt nahe, für die verminderte Lust die abnehmende Attraktivität der älter werdenden Partnerin verantwortlich zu machen. Dabei arbeitet sie dem Mann auch oft noch zu, weil sie in diesem Alter für eine solche Schuldzuschreibung sehr empfänglich ist. Sie fühlt sich ja, ebenfalls entsprechend dem Klischeebild von attraktiver Weiblichkeit, durch Falten, erschlaffende Formen und ergrauende Haare in ihrer Attraktivität sehr in Frage gestellt. Dann braucht nur noch hinzuzukommen, daß der Mann eine Affäre mit einer Jungen hat, und es scheint klar: Es liegt an ihr, der alternden Frau, denn wie sich zeigt, kann der Mann bei der Jungen durchaus wieder potent sein. Was dabei allerdings im Dunkel bleibt, ist die Tatsache, daß ein – meist vorübergehendes – erotisches Abenteuer durch die Ausnahmesituation natürlich alle vorhandenen Kräfte aktiviert und die ermattende Glut noch einmal zu einer Stichflamme hochtreibt.

Damit wird aber nur vorübergehend verdeckt, was auf die Dauer nicht verborgen bleiben kann und was Richard in seiner »peinlichen« Mitteilung durchaus auf den Punkt bringt: Mit zunehmendem Alter werden Männer weniger potent. Es mag hier sehr große Unterschiede geben, und es kann auch sein, daß Männer, die ihr Leben lang sexuell sehr aktiv waren, das Abfallen der Linie lange Zeit nicht spüren. Aber eine Tatsache ist die abfallende Kurve für alle. Was bedeutet das für das sexuelles Leben?

Zunächst ist damit noch nicht gesagt, Männer würden impotent, und das womöglich plötzlich. Zunächst bedeutet es nur, daß sich die sexuelle Reaktionsfähigkeit verlangsamt. Das Begehren drängt sich nicht mehr so mit Macht in den Vordergrund. Das aber bedeutet gerade, daß sich hier auch neue Möglichkeiten eröffnen könnten, Sexualität zu leben. Denn wenn die Reaktionsabläufe beim Mann langsamer werden, nähert sich seine Kurve der Erlebniskurve der Frau ja an. In der Regel braucht sie ja generell etwas länger, um zum Höhepunkt zu kommen. Gerade diese Tatsache hat vielen Paaren jahrelang so manches Problem bereitet. Nun sorgt das Leben selbst dafür, daß es eine Annäherung geben könnte.

Außerdem: Wenn jetzt der körperliche Drang nachläßt, im sexuellen Akt möglichst schnell die Spannung zu entladen, wird es für den Mann auch leichter, sich mehr auf die Bedürfnisse der Frau nach Vorspiel und Zärtlichkeit einzulassen. Das Bedürfnis danach wird bei vielen Männern dieses Alters ohnehin stärker. Der eigentliche Akt tritt – wenn er nicht in einem männlichen Potenzwahn befangen ist – auch für ihn etwas in den Hintergrund, und die Plateauphase wird auch für ihn länger. Wenn er seinem echten Empfinden folgt, muß nicht mehr jedesmal und sofort der Gipfel eines dramatischen Orgasmus erreicht werden. Damit kann die zu einlinige Ausrichtung auf den genitalen Akt zugunsten einer viel größeren Bandbreite erotischen Erlebens abgelöst werden, und damit würden sich Möglichkeiten in der Sexualität ergeben, die sich viele Frauen ihr Leben lang gewünscht haben.

Damit dies aber nicht nur schöne Phantasien bleiben, sind mindestens zwei Dinge nötig: Einmal müssen Paare den Mut aufbringen, über die eigenen Ängste vor der abnehmenden sexuellen Kraft oder Attraktiviät miteinander zu reden. Das Schweigen darüber hemmt und baut Barrieren auf. Daß die speziellen Möglichkeiten dieses Alters nicht ausgeschöpft werden, liegt auch vor allem daran, daß Frau und Mann stumm bleiben, jeder sich mit seinen Nöten still für sich alleine quält und sich dabei vom anderen entfremdet. Es könnte zum Beispiel eine riesige Erleichterung für die Frau sein, vom Mann zu erfahren, daß er Angst vor Alter und Potenzverlust hat, und daß es nicht ihr alternder Körper ist, der dies verursacht. Genauso könnte es für ihn sehr hilfreich sein, mit ihr zu besprechen, welche Stimulation er jetzt von ihr braucht, um ihn »in Fahrt zu bringen«. So könnte eine neue Phase des Suchens und Experimentierens eingeleitet werden.

Damit sind wir auch schon beim zweiten Punkt: Es geht darum, den Mut aufzubringen, sich auch im »vorgerückten« Alter noch auf einen experimentellen Weg einzulassen. Die Sexualität langjähriger Paare krankt ja häufig auch daran, daß alles nach einem immer gleichen Muster abläuft. Die neuen Möglichkeiten, die sich nun eröffnen, verlangen auch nach neuen Praktiken und neuen Wegen. Ein Weg per Versuch und Irrtum ist jetzt angesagt. Am besten geht es, wenn beide vermeiden, sich von Vorstellungen, was sein müßte, leiten zu lassen. Vor allem das »Starren auf den Orgasmus« sollte spätestens in dieser Lebensphase aufgegeben werden. Natürlich ist es toll, wenn auch immer wieder einmal ein schöner gelingt. Das stärkt das männliche Selbstbewußtsein und erfüllt mit Lebensfreude. Aber am leichtesten wird er sich einstellen, wenn man ihn nicht schnurstracks ansteuert und immer einen haben muß. Wenn es geht, ist es gut, wenn nicht, ist es auch gut. Genieße das, was da ist, und weine nicht dem nach, was gerade nicht möglich war! Es ist für Männer nicht leicht, im Bett bei diesem Grundsatz zu bleiben. Aber wenn sie es tun, ist es eine große Erleichterung. Dann hören die Selbstbeschuldigung ebenso wie die Beschuldigung der Partnerin auf. Das Intimleben löst sich immer mehr von Normvorstellungen, es wird spielerischer und kreativer. Männer erfahren dann etwas, was bisher meist den Frauen vorbehalten schien: Sexualität ist viel mehr als der Orgasmus. Ihre Pflege führt insgesamt zu einem körper-, sinnen- und genußfreundlicheren Umgang mit der Wirklichkeit. Gerade die zweite Lebenshälfte enthält darum die Chance, Männer von ihrer einseitigen Yang-Fixierung, ihrer Fixierung auf Intellekt, Wille und ausschließliche Kopfsteuerung zu befreien, sie können ihr Leben insgesamt runder und vielfältiger gestalten.

Kapitel 6

# Vatersein und Väterlichkeit

*Ja, ich bin in der Familie ein Einsamer geworden... In unserer Familie entwickelte sich so etwas wie ein Zwei-Parteien-System: Michael und Elke auf der einen, Monika und ich auf der anderen Seite. Monika war für mich wirklich der Sonnenschein. Wenn ich mich daran erinnere, wie sie sich an mich schmiegte und mich anstrahlte, wenn ich – wie oft in dieser Zeit – frustriert von der Arbeit kam, dann steigen mir heute noch die Tränen der Rührung in die Augen, obwohl ich sonst schon jahrelang nicht mehr geweint habe.*

Wir weiten in diesem Kapitel unseren Blick vom einzelnen und von der Zweierbeziehung auf das gesamte Familiengefüge, in das der Mann eingebunden ist. Ich mache immer wieder die berührende Erfahrung, wie innig und tief Männer ihre Kinder lieben – allerdings kommt diese Liebe erschreckend selten zum Tragen, ja häufig nicht einmal richtig zum Ausdruck. Meiner Erfahrung nach ist dies einer der tiefsten Schmerzen, die an Männerherzen nagen. Der Mangel an Kontakt zu den eigenen Kindern wird häufig als schwere Beschädigung der eigenen männlichen Identität erlebt. Und abgesehen davon: Nicht nur für die Kinder und ihr gesundes Aufwachsen ist der Vater wichtig, auch die Liebe zur Partnerin wird stark davon beeinflußt, wie der Mann die Vaterrolle ausfüllt. Zwar ist und bleibt es wichtig, in der Familie die Paarebene von der Elternebene zu unterscheiden, aber diese beiden Ebenen hängen innig miteinander zusammen. Wenn der Mann seine Liebe zu den Kindern leben und ausdrücken kann, belebt und befruchtet das auch die Beziehung zur Frau. Denn in der Liebe zu den Kindern achtet und anerkennt er ja auch die Frau, die sie geboren hat.

## Die abwesenden Väter

Neben der Figur des Helden finden wir in Mythen und Märchen noch ein anderes Urbild des Männlichen: den Archetypus des Vaters. Diese Verwirklichungsweise des Männlichen wird jetzt in unseren Überlegungen aktuell. Der Archetypus des Vaters spielt in unseren Mythen und Märchen ebenfalls eine große Rolle. Nach C. G. Jung enthält er vor allem die Elemente Recht, Gesetz und Ordnung. Er begegnet uns oft in der

Gestalt des alten Königs, der jetzt das Reich, das er als Held erst erobern mußte, weise regiert, der für Gerechtigkeit sorgt und seinen Söhnen oder Untertanen Aufgaben stellt, deren Erfüllung er einfordert und überwacht. Er ist gegenüber dem Helden, dem »Progressiven«, der vorandrängt und nach Veränderung strebt, der »Konservative«, der Repräsentant des Bestehenden. Der Archetypus des Vaters betont also andere Aspekte des Männlichen als der des Helden. Es sind zunächst wieder vor allem Yang-Elemente, die er repräsentiert: Ordnung und Struktur sowie Gesetz und Gerechtigkeit. Aber zum Vater gehören zweifellos auch die Yin-Elemente des Fürsorglichen, Versorgenden, Bergenden, wie der Ausdruck von »Abrahams Schoß« zeigt, wenn diese Elemente in unserer Tradition auch nicht so im Vordergrund stehen und eher dem Archetypus des Weiblichen zugerechnet werden. Beide Aspekte kommen in der Transaktionsanalyse gut zum Ausdruck, in der beim Eltern-Ich unterschieden wird zwischen einem »kontrollierenden Eltern-Ich« und einem »nährenden Eltern-Ich«[23], wobei hier zwischen väterlich und mütterlich nicht unterschieden wird.

Daß beides zum konkreten Vatersein dazugehört, daß also auch hier die Yang- und die Yin-Elemente verbunden werden müssen, ist heutigen Vätern sehr bewußt. Sie haben an sich selbst den Anspruch, ihren Kindern auch mütterlich begegnen zu können, und beides, das Normen setzende und das fürsorgliche Element, in sich auszuprägen. Zu diesem hehren Anspruch steht freilich die Wirklichkeit oft in krassem Widerspruch. Denn die Wirklichkeit ähnelt in vielen Fällen der, die Richard schildert: Er ist als Vater nicht präsent in der Familie. Wenn Väter überhaupt noch etwas einbringen, sind es oft rudimentäre Reste von »Recht und Ordnung«, mit denen sie sich aber meist nicht mehr durchsetzen, weil ihnen dazu die unangefochtene Stellung im Familiengefüge fehlt. Oft haben sie schon gar nicht mehr den Anspruch, überhaupt noch einen Einfluß darauf auszuüben. Sie haben dieses Feld kampflos an die Frauen abgetreten.

Das gesamte Familienleben wird zur Sache der Frau. Sie schart die Kinder um sich, organisiert mit ihnen den Alltag, regelt die Angelegenheiten der Schule, managt die Freizeitbetätigungen der Kinder, hat Kontakt zu deren Freunden und

Eltern. Sie weiß über alles Bescheid, was die Kinder angeht, über ihre Eigenheiten, Vorlieben und Macken. Freizeit- und Urlaubsgestaltung sowie die privaten Freundschaftskontakte sind allein ihre Sache. Wenn der Mann nach Hause kommt und eingreifen will, dann greift er fast mit Sicherheit daneben. Er vergreift sich im Ton, redet wie der Blinde von der Farbe, versteht die Zusammenhänge nicht... Er wird, wie Richard das ausdrückt, ein Einsamer in der Familie. Das führt nicht selten dazu, daß er sich überhaupt nicht mehr äußert und überhaupt nicht mehr eingreift. Er wird in seiner eigenen Familie zum Außenseiter.

## Fatale Folgen

Dies hat manchmal fatale Folgen. Denn selbst wenn äußerlich in der Familie alles funktioniert, so entsteht doch im Beziehungsgefüge eine gefährliche »Leerstelle«. Häufig wird sie dann von einem Kind, meist von einem Sohn, falls vorhanden, ausgefüllt. Einer der Söhne übernimmt für die jüngeren Geschwister die Rolle eines Ersatzvaters und oft für die Frau die des Ersatzpartners. Er wird zum Vertrauten der Mutter, mit dem sie ihre Sorgen bespricht, mit dem sie die familiären Unternehmungen plant, bei dem sie sich womöglich auch noch ausheult, wenn sie Trost braucht. Selbst wenn die Frau sich dieser Gefahr durchaus bewußt ist und sehr darauf achtet, daß sie den Sohn da nicht hineinschiebt, kann sich dieser Prozeß dennoch vollziehen. Denn Kinder haben ein feines Gespür, sie merken die emotionalen Defizite der Eltern, und weil sie wollen, daß es ihnen gutgeht, übernehmen sie von sich aus derartige Rollen und werden zu Ersatzeltern und Ersatzpartnern.

Abgesehen davon, daß das Söhnen in keiner Weise guttut, weil es ihnen zu viel Verantwortung auflädt und zu viel Bindung an die Mutter erzeugt, hat es noch eine weitere schlimme Konsequenz: Der Sohn wird zum Rivalen des Vaters. Er nimmt dessen Platz bei der Mutter ein. Damit macht der Sohn sich denjenigen, der in erster Linie sein Förderer und Unterstützer sein sollte, zum Konkurrenten, den er fürchten muß. Oft beginnt er dazu noch, die Art, wie der Vater lebt, abzulehnen, weil er mitbekommt, wie die Mutter darunter leidet, und damit verliert er sein männliches Leitbild vollends. Und der Vater gerät immer mehr an den Rand und bekommt das Gefühl, bei der eigenen Frau an die zweite Stelle geraten zu sein, was auch von seiner Seite Ressentiments und Rivalitätsgefühle gegen den Sohn erzeugt und eine liebevolle Beziehung stört. Das ist die Situation, die Richard in seinem Brief schildert und die ich immer wieder bei heutigen Männern erlebe.

Oft ist die einzige emotionale Bindung, die für den Mann dann übrigbleibt, diejenige an die Tochter. Wenn der Vater nicht überhaupt zum Außenseiter wird, kommt es dann zu dem, was Richard das »Zwei-Parteien-System« nennt: Mutter und Sohn auf der einen, Vater und Tochter auf der anderen Seite. Der emotionale Austausch findet dann nicht mehr zwischen den Partnern statt, sondern zwischen Mutter und Sohn einerseits und Vater und Tochter andererseits. Das schadet aber der Paarbeziehung und dem gesamten Familiengefüge. Denn selbst dann, wenn solche Mutter-Sohn- und Vater-Tochter-Bindungen meilenweit von der Gefahr des Inzests entfernt sind, mischt sich in sie doch ein ungeklärtes und übersteigertes erotisches Moment. Töchter werden dadurch zu stark auf ihre Väter, Söhne zu stark auf ihre Mütter ausgerichtet – ein Umstand, der sich in der eigenen Partnergeschichte der Kinder dann sehr negativ auswirken kann. Denn solche Bindungen bedeuten, daß sie später nicht die innere Freiheit für eine eigene Partnerschaft haben, sondern eigentlich mit Vater oder Mutter »verheiratet« bleiben. Was Richard von seiner Tochter Monika berichtet, scheint zwar darauf hinzuweisen, daß sie es geschafft hat, sich aus der Umklammerung zu lösen, aber das birgt nur neuen Konfliktstoff: Nun ist das Verhältnis von Tochter und Vater gestört, denn er reagiert ein wenig wie ein gekränkter Liebhaber: *»Die entschuldigenden oder mitleidigen Blicke, die sie mir manchmal zuwirft, machen mich nur ärgerlich.«*

## Machtkampf

Aus den beschriebenen Konstellationen – »der Mann als Außenseiter« oder »das Zwei-Parteien-System« – entwickelt sich nicht selten ein äußerst aufreibendes Beziehungsmuster, nämlich ein zerstörerischer Machtkampf. Hinter dem Bedürfnis Macht auszuüben steht fast immer der unerfüllte Wunsch, vom anderen in der eigenen Person anerkannt und wichtig genommen zu werden. Bekommen wir diese Anerkennung vom anderen nicht oder nicht in ausreichendem Maß, geraten wir leicht auf den Irrweg, uns durch Einsatz von Macht selber wichtig und bedeutsam zu machen. Macht aber speist sich immer aus bestimmten Quellen, aus Macht-Ressourcen.[24] Mächtig bin ich und mächtiger als der andere, wenn ich Zugang zu Ressourcen habe, die dem anderen versperrt sind. Solche Ressourcen sind zum Beispiel das Geld, aber auch Beziehungen. Die Frau, die von ihrem Mann keine Präsenz und keine Resonanz mehr spürt, weil er sich von der Arbeit auffressen läßt, fühlt sich in ihrem Tun und ihrer Person von ihm immer mehr entwertet. Um dies zu kompensieren, steht sie in der Gefahr, ihren Zugang zu den Kindern als Macht gegen den Mann auszuspielen und sich so gegen seine latente Abwertung zu wehren. Sie gibt zum Beispiel ihre Informationen über die Kinder nicht mehr an ihn weiter. Damit wird sie noch mehr zur einzig wichtigen Bezugsperson für die Kinder – der Mann hat immer weniger zu sagen. Dem begegnet der Mann dann oft, indem er auf seine Machtquellen zurückgreift: auf seinen Beruf, auf das Geld, das er verdient, auf sein Wissen. Er läßt sie zum Beispiel im unklaren über die finanzielle Situation, erzählt ihr nichts mehr aus seinem beruflichen Leben, macht wie Richard spöttische Bemerkungen über ihre »Halbbildung«. Er verschanzt sich immer mehr hinter seiner Karriere und kompensiert damit seine häusliche Ohnmacht. Daß dadurch die Liebe auf der Strecke bleibt, bedarf wohl keiner besonderen Erwähnung. Denn sich auf diese Art dem anderen gegenüber bedeutsam zu machen, führt in der Regel nur dazu, daß er seinerseits wieder auf seine Machtquellen zurückgreift, um sich noch bedeutsamer zu machen – und schon ist ein zerstörerischer Machtkampf im Gange.

Die beschriebene Muster finden wir vor allem dort, wo der Mann überhaupt abseits steht und die Frau alle Kinder um sich geschart hat. Die andere Variante – das erwähnte Zwei-Parteien-System – läuft ebenfalls auf einen zerstörerischen Machtkampf des Paares hinaus. Jeder der Partner sucht in

»seinem« Kind seinen Bündnispartner, die Frau im Sohn, der Vater in der Tochter. Damit aber werden die Kinder in schlimme Loyalitätskonflikte gestürzt, denn natürlich wollen und brauchen Sohn wie Tochter gute Beziehungen zu beiden Eltern. Deshalb beginnen sie, zwischen den Fronten zu lavieren, machen Vermittlungsversuche und geraten dann doch immer wieder auf die Seite des einen gegen den anderen. Bei manchen Söhnen und Töchtern wird diese undankbare Vermittlerposition zu einem grundlegenden Lebenskonzept. Ihr ganzes weiteres Leben lang werden sie unter großen Mühen für andere die Kohlen aus dem Feuer holen und selber dabei leer ausgehen. Andere Heranwachsende spüren die Gefahr und setzen sich abrupt und manchmal viel zu früh von ihrer Familie ab. Das kann eine Chance sein, aber oft geht der Schuß nach hinten los: Zu frühe Ablösung wird mit bleibender innerer Abhängigkeit bezahlt. Nicht selten gleiten zu früh abgelöste Kinder in die Drogenszene ab oder geraten in andere Formen von Abhängigkeit, zum Beispiel in zu frühe Bindungen an Lebenspartner, von denen sie sich dann nicht mehr lösen können.

Wie bei Richard zeigt sich in diesem Prozeß manchmal eine besondere Tragik: Die Männer wiederholen mit diesem »Ausschluß« oder mit dieser »Spaltung« der Familie oft bis in kleinste Detail hinein ihr eigenes Familienschicksal (vgl. dazu das nächste Kapitel). Richard berichtet von sich, daß er für die depressive Mutter die Stütze war und sein Vater emotional abseits stand. Das wiederholt Richard in seiner Familie genauso. Er steht am Rande wie sein Vater, und sein Sohn ist – so wie er früher für seine Mutter – der eigentliche Partner Elkes. Was sich hier vollzieht, entspricht einer allgemeinen Erfahrung von Familientherapeuten: Derartige Familienkonstellationen werden von Generation zu Generation »weitergegeben«, wenn es den Beteiligten nicht gelingt, ihre Dynamik zu durchschauen und sich so ihrem Sog zu entziehen.

## Die Wichtigkeit der »Triade«

Vielbeschäftigte Männer in Führungspositionen höre ich manchmal sagen: »Ich habe leider so gut wie keine Zeit für meine Familie. Meine Frau kümmert sich um die Kinder, und sie macht es zum Glück hervorragend, viel besser, als ich es je könnte.« Damit scheint der Fall für sie erledigt zu sein. Nach den Ergebnissen neuester Familienforschung ist dies allerdings eine große Täuschung. Sicher ist es ein großes Glück für die Kinder, wenn die Frau ihnen trotz des Ausfalls des Vaters eine gute Mutter sein kann. Aber es wird immer deutlicher: Noch wichtiger als die Zweierbeziehung Mutter-Kind ist die funktionierende Dreierbeziehung Vater-Mutter-Kind für das Gedeihen des Kindes. Die Triade scheint noch wichtiger zu sein als die Dyade.[25] Die Zweierbeziehung Mutter-Kind ist sicher von fundamentaler Bedeutung, sie braucht aber, um zu gelingen, den Dritten, in der Regel eben den Vater. Aus sich heraus tendiert die Zweierbeziehung zu allzu enger Bindung, die Besitzansprüche, Überforderung, Unselbständigkeit und oft auch – als Gegenreaktion – Rebellion und Feindseligkeit erzeugt. Der Dritte lockert die Zweierbeziehung immer wieder auf, bringt verhärtete Fronten wieder in Bewegung, bietet Alternativen und Unterstützung an, wenn einer in der Zweierbezeihung in einen Engpaß geraten ist. Ausschließliche Zweierbeziehungen stehen in der Gefahr, sich in sich festzufahren. Der Dritte relativiert, springt ein, vermittelt, zeigt Alternativen auf und ermöglicht so dem Kind die lebendige Erfahrung: Es gibt kein »Entweder-Oder«, es gibt immer noch eine »dritte Lösung« im Leben!

Somit bedeutet – vor allem in unserer heutigen Kleinfamilie, in der meist kein Ersatz vorhanden ist –, das Ausfallen des Vaters einen großen Nachteil für das Kind, auch wenn die Mutter es noch so gut macht. Das ganze Spektrum von Beziehungs- und Wahlmöglichkeiten, welche die nahe zweite Bezugsperson des Kindes, der Vater, anzubieten hätte, fällt in seinem Erleben weg, wenn der Vater nicht präsent ist.

## Wirklich keine Zeit?

Die Präsenz des Mannes in der Familie hat einen quantitativen und einen qualitativen Aspekt. Es braucht schlicht ein gewisses Quantum Zeit, die der Mann in der Familie verbringt, sonst gewinnt er keinen Einfluß. Daher ist es ein zutiefst inhumaner Zustand, daß viele Männer ihre Kinder, vor allem wenn diese noch klein sind, oftmals lediglich am

Wochenende zu Gesicht bekommen. Wenn sie aus dem Haus gehen, schlafen die Kinder noch, wenn sie nach Hause kommen, sind sie schon wieder im Bett. Manchmal entzieht sich eine Veränderung dieses Zustands tatsächlich den Einflußmöglichkeiten des einzelnen. Aber immer ist dies bei weitem nicht der Fall. Hier wird wieder nötig, worüber wir bereits gesprochen haben, nämlich bewußt klare Prioritäten zu setzen. Ich lerne immer wieder Männer, auch in Führungspositionen, kennen, die ihre Arbeitszeit so einteilen, daß auch noch Zeit für Frau und Kinder übrig bleibt. Daß es ab einer gewissen hierarchischen Position diese Möglichkeit nicht mehr gäbe, ist in den meisten Fällen ein Mythos. Freilich braucht es, um diese Zeit zu schaffen, manchmal ein gehöriges Maß an Zivilcourage, einen »Heldenmut«, denn die ungeschriebenen Gesetze der Firma verlangen zuweilen von ihren Mitarbeitern tatsächlich, das Unmögliche möglich zu machen. Solche kollektiven Normen existieren zwar häufig nur in den Köpfen der Leute, dennoch braucht es sehr viel Kraft, sich ihnen zu entziehen und ausbalancierte Zeitverhältnisse herzustellen.

Wo dies einfach nicht gelingen will, machen es entgegen den Beteuerungen der Betroffenen in den meisten Fällen nicht die äußeren Bedingungen und Anforderungen unmöglich, sondern die erwähnten »Antreiber«. Sie und nicht sachliche Notwendigkeiten zwingen den Mann, allen Anforderungen von außen gerecht zu werden, und darum schafft er es nicht, den Raum für sein Privatleben zu schützen. Hier spielt ein Umstand eine Rolle, den ich bei mir selber und bei vielen anderen immer wieder beobachten konnte: Je näher wir anderen Menschen stehen, desto ähnlicher gehen wir mit ihnen um wie mit uns selber. Nehme ich keine Rücksicht auf mich selbst und meine eigenen Bedürfnisse, nehme ich auch keine Rücksicht mehr auf die Bedürfnisse der Menschen, die mir besonders nahestehen, sondern setze alles daran, den »anderen« gerechtzuwerden, die offenbar in diesem Zusammenhang dann die Rolle der fordernden oder bedürftigen Eltern einnehmen, denen ich eher gehorche als meinen eigenen Interessen.

### Nicht Quantität, sondern Qualität

Oft ist es aber gar nicht die geringe Quantität der Anwesenheit des Mannes, die bei den Familienmitgliedern den Eindruck erweckt, er wäre nicht präsent. Es ist vielmehr die Qualität, die Art und Weise, wie er da ist. Die Aussage, man müsse alles der Frau überlassen, weil man ja physisch so wenig zu Hause anwesend sein könne, ist nicht selten eine Ausflucht. Dahinter steht die Weigerung, als Person wirklich anwesend zu sein. Oft ist nicht die Menge der Zeit entscheidend, sondern wie sie genutzt wird. Es geht darum, ob und wie sich der Mann als Partner für die Frau und als Vater für die Kinder bedeutsam macht. Dies wiederum hängt wesentlich davon ab, ob er es schaft, in der Zeit, in der er zu Hause ist, echten Kontakt herzustellen. Das braucht sicher auch ein gewisses Quantum Zeit, es braucht aber vor allem seelische Kraft! Es braucht seelische Kraft in zweierlei Richtung: Er muß innerlich abschalten und die ungelösten Fragen und Probleme in der Firma lassen, und er muß sich auf die Welt der Frau und auf die der Kinder einlassen.

Manche Männer halten sich durchaus für Familienmenschen, weil sie es nämlich sehr schätzen, sich von der Familie umgeben zu fühlen. Am liebsten liegen sie auf der Couch, dösen vor sich hin oder lesen Zeitung, während das Familienleben um sie »herumbrandet«. In der Küche klappern die Teller, die Kindern springen in der Wohnung herum, spielen miteinander oder lernen, und der Familienvater fühlt sich so richtig wohl mittendrin. Die Kinder allerdings und die Frau nehmen ihn gar nicht wahr. Er könnte genauso gut abwesend sein. Das heißt aber: Diese Art von Familienpräsenz gefällt ihm, aber sonst hat niemand etwas davon. Eine solche Qualität seiner Anwesenheit, jedenfalls wenn sie den größten Teil ausmacht, ist freilich nicht gemeint. Es geht vielmehr um echte Begegnung, und dafür braucht es gar nicht so viel Zeit.

Oft sagen Männer, daß sie das nicht könnten. Wenn sie nach Hause kommen, seien sie so k.o., daß sie unbedingt zunächst Zeit für sich zum Abschalten brauchten. Das mag im Einzelfall richtig und notwendig sein. Ich höre diese Aussage aber so häufig und stereotyp wiederholt, daß ich daran zweifle, ob sie immer ehrlich gemeint und der totale Rückzug wirklich immer so notwendig ist. Rückzug ist sicher eine Regenerationsmöglichkeit. Aber eine andere, manchmal viel bessere besteht darin, sich von einer Beanspruchung mit Energie auf eine andere, neue einzulassen. Das lenkt ab und aktiviert neue Ressourcen. Wir orientieren uns dadurch innerlich um und wenden uns von dem einen Energiespeicher, der leer sein mag, einem anderen zu, der noch voll ist. Dadurch kann sich nach einiger Zeit auch der leere wieder füllen. »Die beste Regeneration für mich ist es, wenn ich mich zu Hause auf das Spiel meiner Kinder einlasse. Dann lasse ich alles andere hinter mir und schöpfe neue Kraft.« Solche oder ähnliche Aussagen habe ich von mehreren vielbeschäftigten Männern im Ohr, und sie bestätigen damit das eben Gesagte. Der angeblich so nötige Rückzug ist nicht selten ein Ausweichen. Ich erinnere mich an einen Mann, einen Lehrer, der es »unbedingt zur Entspannung brauchte«, nach der Schule in seinem Zimmer – gleich neben der Wohnungstür – zu verschwinden und stundenlang in Computerspiele abzutauchen. Das hatte nichts mehr mit nötiger Erholung zu tun, es war seine Weigerung, die Position, die ihm in der Familie als Partner und Vater zustand, einzunehmen.

Ein lebendiger Kontakt zu den Kindern und der Partnerin nach einem Arbeitstag braucht zweifellos seelische Kraft. Man kann sich daran aber durch Training auch gewöhnen. Vielleicht könnten Männer hier von manchen Frauen lernen. Viele berufstätige Mütter bewältigen den häufigen Wechsel von beruflichem und familiärem Engagement recht gut, obwohl sie keine Möglichkeit haben, lange zu joggen, sich zurückzuziehen oder vor dem Fernseher abzuschalten. In Beziehung treten, Kontakt herstellen, sich auf die Frau oder die Kinder einlassen – solche Aktivitäten unterscheiden sich von vielen anderen, mit denen Männer oft den Tag über beschäftigt sind, und sie kosten nicht nur Energie. Wenn die Beziehung einigermaßen in Ordnung ist, bringen sie auch Energie zurück. Wenn ich mich für befriedigende Beziehungen engagiere, findet darin eine Art Energie-Recycling statt! Indem ich gebe, bekomme ich auch zurück. Meiner Zwölfjährigen zuzuhören, wenn sie von ihren Sorgen erzählt, mich von der Spiellust meines Fünfjährigen mitnehmen zu lassen, in die großen Augen zu schauen, die an meinen Lippen hängen, wenn ich die Gute-Nacht-Geschichte vorlese – das und noch vieles mehr bereichert mich auf einer sehr tiefen Ebene, auch wenn ich mir immer wieder einen Ruck geben muß, mich darauf einzulassen.

Wenn über die Quantität an Zeit gestritten wird, die Männer in ihren Familien verbringen oder nicht verbringen (»Du bist ja nie da!«), geht es oft eigentlich um die Qualität der Präsenz. Dieser Punkt schein mir so wichtig, daß ich im folgenden der Frage noch genauer nachgehen möchte: Was ist diese qualitative Präsenz, worin besteht sie, und wozu ist sie gut?

## Die Partnerschaft betonen

Es geht mir in diesem Abschnitt zwar vor allem um das Vatersein, aber bei dem Thema »Präsenz in der Familie« wird ganz wesentlich auch die Partnerschaft berührt, darum gehe ich in diesem Zusammenhang kurz auch darauf ein. Präsenz in der Familie heißt nämlich als allererstes, daß der Mann in der Familie als Partner seiner Frau sichtbar und spürbar wird. Was Kinder am allernötigsten brauchen, um sich in der Familie wohlzufühlen, ist die Erfahrung, daß sie einen Vater haben, der ihre Mutter liebt. Dazu gehört, daß sie zuweilen sehen, wie der Vater die Mutter in die Arme nimmt und küßt. Dazu gehört auch, daß sie erleben, daß er ihnen Grenzen setzt, wenn er jetzt mit der Mutter und nur mit ihr zu tun haben will. Gegen solche Abgrenzungen protestieren sie zuweilen, dennoch tut es ihnen gut, auf diese Weise ganz konkret zu erleben, daß die Liebe zwischen Mann und Frau das eigentliche Fundament des Familiengefüges ist. Kindern gibt es außerdem Sicherheit, wenn sie erleben, daß es zwischen den Generationen Grenzen gibt, die zu respektieren sind. Wenn Eltern darauf achten, daß sie einen eigenen Raum haben, im wörtlichen wie im übertragenen Sinn, in den man nicht ohne weiteres eindringen darf, dann geben sie den Kindern eine wichtige Erfahrung für ihr eigenes späteres Leben als Partner mit.

Hier könnte eine Aufgabe gerade für den Mann in der Familie sein: für die Respektierung dieser Grenzen zu sorgen. Die Frau ist in der Regel mehr ins Familiengeschehen verwickelt als der Mann, er hat mehr Abstand und könnte ihr somit helfen, einen solchen auch wieder für sich zu gewinnen, damit sie nicht – wie es leicht geschehen kann – in den tausend kleinen Haushaltsdingen und Kinderangelegenheiten vollends versinkt. Sie braucht ihn auch, um wieder zu merken, daß sie nicht nur Mutter sondern auch begehrenswerte Frau ist. Dies wird sie aber nur, wenn sie von ihm die entsprechenden Signale bekommt: Zärtlichkeiten, kleine Aufmerksamkeiten, Komplimente... Hier läge eine gute Möglichkeit für Männer, aktiv einen sehr wertvollen Beitrag für die Beziehung zu leisten. Die Paarbeziehung in der Familie auf diese Weise klar zu betonen, bietet außerdem die beste Gewähr dafür, daß nicht die beschriebenen Koalitionen Mutter-Sohn und Vater-Tochter entstehen und damit jene »Zwei-Parteien-Systeme«, von denen Richard in seinem Brief spricht.

»Qualitative« Präsenz des Mannes in der Familie könnte also zunächst einmal heißen, daß er aktiv dafür Sorge trägt, daß der Raum für das Paar klar erkennbar bleibt und ausgefüllt wird. Was »qualitative« Präsenz des Mannes als Vater bedeuten könnte, dazu im folgenden einige Überlegungen.

### Wozu sind Väter gut?

Wir haben bereits von der Wichtigkeit der familiären Triade ganz allgemein gesprochen. Ich füge noch einige Gedanken über die spezifische Vater-Tochter- und die spezifische Vater-Sohn-Beziehung hinzu. Der Einfachheit halber spreche ich dabei von Sohn und Tochter in der Einzahl, wobei damit natürlich auch mehrere Söhne und Töchter gemeint sein können. Eine lebendige Beziehung zum Vater ist für Tochter und Sohn aus unterschiedlichen Gründen wichtig, und sie hat mit der Entwicklung ihrer Geschlechtsidentität zu tun.

Für die Tochter ist der Vater der erste Repräsentant des anderen Geschlechts. An seiner liebevollen Zuwendung und an seiner Freude an ihr erlebt sie sich zum ersten Mal als attraktiv und als liebenswert für einen Vertreter des anderen Geschlechts. Sie erlebt sich an ihm als anders, und wenn er darauf positiv reagiert, erlebt sie sich in dieser Verschiedenheit als etwas Erfreuliches, Wertvolles, Schönes. Darum soll sich die Liebe der Tochter zum Vater auch voll entfalten können, und in dem Maß, in dem der Vater imstande ist, diese

Liebe anzunehmen und zu erwidern, wird die Tochter später mit Selbstbewußtsein und Zuversicht anderen Männern begegnen können. Wenn der Vater eine lebendige und befriedigende Beziehung zu seiner Frau hat, ist die Angst unbegründet, daß daraus eine allzu enge und erotisch aufgeladene Beziehung in Konkurrenz zur Mutter werden könnte. Diese Gefahr besteht nur dann, wenn die Beziehung des Elternpaares ähnlich wie bei Richard und Elke emotional ausgetrocknet ist. Nur dann entsteht jener Sog, dem sich die Tochter schwer entziehen kann.

Für den Sohn wiederum ist eine gute und intensive Beziehung zum Vater wichtig, weil er in ihm den Gleichen und das gleiche Geschlecht erlebt. Der Sohn erfährt im Vater die eigenen Möglichkeiten des Männlichen, und der Vater ist für ihn das erste männliche Leitbild. Eine vorwiegend feindselige Beziehung zu ihm und andauernde Konkurrenz mit ihm fügen dem Sohn darum einen schweren Schaden für seine Orientierung als Mann und für sein Gefühl von sich selbst als männlichem Wesen zu. Wenn es dem Vater nicht gelingt, eine tragfähige Beziehung zum Sohn herzustellen, dann macht er es ihm sehr schwer, nicht in eine zu enge Beziehung zu seiner Mutter hineinzugeraten. Ist der Sohn vorwiegend ein Muttersohn, wird er später Probleme haben, ein Leben als eigenständiger Mann zu führen.

Ich bin immer wieder tief beeindruckt, wenn ich in der therapeutischen Arbeit die große Sehnsucht von Männern, die Muttersöhne waren, nach ihren Vätern erlebe und wie sehr sie sich wünschen, von ihnen angefaßt, berührt, anerkannt zu werden. Es gehört für mich zu den bewegendsten Momenten meiner Arbeit, wenn diese Gefühle sich Raum schaffen. Söhne brauchen eine herzliche Beziehung zu ihren Vätern, um sich in ihrer eigenen männlichen Haut wohlfühlen zu können und um mit Hoffnung und Zuversicht ins Leben hineinzugehen.

Ich erlebe oft, daß Männer es wie ein Schicksal hinnehmen, wenn sie merken, daß sie beim Sohn nichts mehr zu melden haben und aus der Mutter-Sohn-Beziehung mehr und mehr ausgeschlossen werden. In den meisten Fällen wäre es möglich, dagegen etwas zu tun, vor allem, wenn die Söhne noch jünger sind. Es gibt so viele Dinge, durch die gerade ein Mann das Herz eines Jungen erobern kann, weil sie nur zwischen ihnen beiden möglich sind. Für Spiel und Sport, für Kräftemessen, Rangeleien oder Mathematik-Aufgaben ist der Vater meist erheblich besser zu gebrauchen als die Mutter. Es kommt nur darauf an, dafür aufmerksam zu sein und sich »einzufädeln«, wenn die entsprechenden Bedürfnisse geäußert werden.

Speziell wichtig scheint mir zu sein, daß Väter bei ihren Söhnen den Bereich der Zärtlichkeit und des Körperkontakts nicht nur den Müttern überlassen. Jungen brauchen es, den Vaterkörper zu spüren.[26] Dieser vermittelt ihnen spezifisch andere Qualitäten als der mütterliche. Am Vaterkörper vergewissern sie sich auf eine liebevolle und kraftvolle Weise ihrer eigenen männlichen Körperlichkeit – und das werden sie später im Umgang miteinander und mit Frauen sehr gut brauchen können. Ein Freund von mir hat einen heute elfjährigen Sohn. Seit etwa dem fünften Lebensjahr ist diesem der Körperkontakt zu seinem Vater offensichtlich wichtiger als der zu seiner Mutter. Zum abendlichen Ritual gehört es noch heute, daß der Junge sich auf den Schoß des Vaters hockt, ausführlich mit ihm schmust und dann zufrieden ins Bett wandert. Auf diese sehr konkrete Art wird hier zweifellos ein gesundes männliches Identitätsgefühl geboren.

Was aber, wenn Söhne und Töchter schon erwachsen, wenn sie vielleicht schon aus dem Haus sind und alles sehr anders gelaufen ist, als es hier empfohlen wird? Ist dann nicht alles zu spät? Ist dann nicht ein väterliches Schicksal wie das Richards besiegelt, der »ein Einsamer« geworden ist? Ich glaube, daß die Chancen, zu einer guten Vater-Sohn- und Vater-Tochter-Beziehung zu kommen, auch dann nicht vorüber sind. Selbst junge Erwachsene, die in offenem Krieg mit ihren Vätern stehen, tragen in ihrer Seele oft eine tiefe Sehnsucht nach Versöhnung. Wenn sich Väter dafür öffnen und aufmerksam werden, kann vielleicht bei einer nächsten Begegnung eine Tür zu etwas Neuem aufgehen. Vielleicht gilt es auch, eigenen Stolz und eigene Verletztheiten zu überwinden und von sich aus die ersten Schritte auf Sohn oder Tochter zuzugehen, Tabuthemen von sich aus anzusprechen und so in ein neues und fruchtbares Gespräch zu kommen, das vielleicht die Basis für eine neue Beziehung darstellt.

Wir haben jetzt immer wieder von der Wichtigkeit der Präsenz des Mannes für die Frau und für die Kinder gesprochen.

Darüber soll aber nicht vergessen werden: Auch für ihn selbst, für seine ganz individuelle Lebenserfüllung ist diese Präsenz von entscheidender Bedeutung. Wenn er sie nicht wahrnimmt, beschädigt er in einem zentralen Punkt seine eigene Ganzheit als Person. Denn zu dieser gehört nicht nur der kämpfende Held, sondern auch der liebende und Grenzen setzende, der sorgende und Orientierung gebende Vater.

## Väterlichkeit entwickeln

Die Entwicklung von Väterlichkeit als ein spezifischer Reifungsschritt zum vollen Mannsein: Diesen letzten Gedanken möchte ich noch etwas weiter ausführen. Väterlichkeit zu entwickeln, das ist für viele Männer kein sehr attraktives Ziel für ihren individuellen Lebensentwurf. Viele Jüngere wollen gar keine Kinder haben, weil sie darin – und damit auch im Vatersein – nur eine Einschränkung ihres Freiheitsspielraums sehen. Für andere steht zwar immer schon fest, daß sie heiraten und auch Kinder haben wollen, aber eine bewußte Entscheidung zum Vatersein ist das nicht. Man nimmt es halt mit, weil es dazugehört.

Es gibt unter Männern – vor allem unter jungen – kaum ein Bewußtsein davon, daß das Vatersein den Mann in der Entwicklung seiner spezifisch männlichen Qualitäten voranbringen und so sein Leben bereichern, vertiefen und mit Sinn erfüllen könnte. Dabei ist gleich zu sagen: Die Entfaltung von Väterlichkeit ist nicht allein an eigene Kinder gebunden. Vater zu werden, nicht nur körperlich, sondern auch seelisch, wird für jeden Mann aktuell, wenn er das junge Erwachsenenalter überschritten hat. Vater zu werden – mindestens im psychischen Sinn – steht für jeden Mann an, es ist die charakteristische Entwicklungsaufgabe in der Lebensphase zwischen dem jungen Erwachsenenalter und der Lebensmitte.

Allerdings gibt es zahlreiche Männer, die selbst dann, wenn sie mehrere Kinder in die Welt gesetzt haben, Väterlichkeit im seelischen Sinne nie erreichen. Sie bleiben ein Leben lang »Helden«, die damit beschäftigt sind zu kämpfen und von einer Aufgabe zur anderen zu jagen, und die dann zu Hause nicht väterlich geben können, sondern von der Mutter-Frau versorgt und wieder aufgebaut werden wollen und dadurch nicht selten mit ihren eigenen Kindern in Konkurrenz geraten.

Was bedeutet es nun im einzelnen für den Mann, den »heldischen« Qualitäten in seinem Leben noch die »väterlichen« hinzuzufügen?

1. Ganz allgemein gesprochen kann man sagen: Es bedeutet, daß man gelernt hat zu geben, ohne sogleich wieder dafür nehmen zu müssen. Dieses Gebenkönnen ohne gleich wieder nehmen zu müssen ist typisch für Elternschaft überhaupt. Kinder dagegen dürfen und sollen in erster Linie nehmen, ohne geben zu müssen. Unter erwachsenen Partnern ist das Verhältnis von Geben und Nehmen wieder anders: Hier ist ein ausgeglichenes Wechselspiel von Geben und Nehmen charakteristisch. Nur so bleibt die Beziehung ausgeglichen und lebendig.[27] Typisch für das Vatersein ist es, den Kindern zu geben, ohne von ihnen zu nehmen. Dieses väterliche Geben ist eine Fähigkeit, die über die heldischen Fähigkeiten hinausführt. Der Held nimmt und erkämpft sich, was er braucht. In gewissem Sinne ist er egoistisch, und das ist in Ordnung so. Bleibt er das aber über das junge Erwachsenenalter hinaus und ausschließlich, wird er auf die Dauer eine Karikatur seiner selbst. Im industriellen Milieu wimmelt es nach meiner Erfahrung leider von solchen gealterten Helden, die immer noch mit dem Ausbau ihrer Position, mit Kämpfen und Siegenmüssen beschäftigt sind. Zum reifen Mann gehört, daß er aus seinem Reichtum heraus geben kann und darin Sinn findet.

2. Väterlichkeit ist weiter verbunden mit der Fähigkeit zu gestalten. Vater wird man, wenn man »zeugt«, also schöpferisch wird, etwas hervorbringt. Seelisch bedeutet das die Fähigkeit, kreativ etwas Eigenes zu gestalten. Zwar neigen Intellektuelle und Alternative manchmal dazu, über die »Häuslebauer« zu spotten, aber der Bau des eigenes Hauses ist ein sehr adäquater Ausdruck dieses Gestaltungswillens. Denn es geht dabei ja nicht nur um ökonomische und praktische Gesichtspunkte. Im eigenen Haus drückt sich der Wille zu einem eigenen Lebensraum aus, den ich nach meinen Vorstellungen gestalte und der den mir Anvertrauten Schutz und Heimat gewährt. Der Hausbau ist nur ein Beispiel. Der väter-

liche Gestaltungswille erstreckt sich natürlich auch auf die Gestaltung der Familienbeziehungen, wie ich es oben im einzelnen beschrieben habe. Und er erstreckt sich auch auf die Gestaltung der beruflichen Rolle.

Leistung zu erbringen, eine Position zu erkämpfen, sich durchzusetzen – das ist Sache der Helden. Den Schritt zum Vater – auch im beruflichen Bereich – macht der Mann, wenn er beginnt, seiner Position den eigenen, unverwechselbaren Stempel aufzudrücken. Hier stellt sich also die Frage: Bin ich in der Lage, meine berufliche Position auf eine eigenständige, kreative Weise auszugestalten? Sicher sind viele Berufe wenig geeignet, der Kreativität Spielraum zu lassen. Dennoch ist meist mehr an eigenständiger Gestaltung möglich als wahrgenommen wird. Beruf heißt bedeutend mehr als »Geldverdienen«. Ich habe erst unlängst mit dem Manager einer sozialen Organisation zu tun gehabt, der eine hierarchisch höhere und auch erheblich besser dotierte Position ausschlug, weil sie ihm nicht genügend Gestaltungsmöglichkeiten anbot. Er war sich bewußt, daß es für seine persönliche Entwicklung wichtiger war, solche Gestaltungsmöglichkeiten zu haben als mehr Geld in der Tasche.

3. Zur Väterlichkeit gehören schließlich noch zwei Aspekte, von denen schon ausführlich die Rede war: das Yin-Element des fürsorglich Fördernden (»nährendes Eltern-Ich«) und das Yang-Element von Gesetz und Ordnung (»kontrollierendes Eltern-Ich«). Oder anders ausgedrückt: Vatersein heißt: lernen zu fördern, und Vatersein heißt: lernen zu fordern. Der Held kämpft für sich oder auch für eine Idee, eine Sache. Der Schritt zum Vater ist dadurch gekennzeichnet, daß er fähig wird, als Person zurückzutreten. Es geht ihm mehr und mehr um die anderen, die Jungen, die Nachkommenden. Diese fördert und fordert er, damit sie ihr Potential entfalten können und auf die Dauer ebenfalls in väterliche Aufgaben hineinwachsen. Dabei ist es ebenso wichtig, zu unterstützen, ermutigen, Schutz und Fürsorge anzubieten, wie auch sich mit den Jungen zu reiben, ihnen Grenzen und unverrückbare Orientierungspunkte zu setzen. Er muß fähig sein, ihnen solche Ecken und Kanten zu bieten, auch wenn das harte Auseinandersetzungen und Konflikte zur Folge hat.

Ich habe den Eindruck, daß gerade moderne und progressive Väter diesen Punkt zu wenig beachten. Früher wurde dieses Yang-Element der Vaterrolle einseitig überbetont, und viele haben von ihren Vätern, wenn überhaupt etwas, nur diese Seite erfahren. Als Gegenreaktion beschränken sich die Väter der nächsten Generation nun ganz auf die Yin-Seite – und das so sehr, daß sie ihren Frauen die fürsorglich-mütterliche Rolle manchmal streitig machen. Damit aber entziehen sie ihren Kindern eine wichtige Entwicklungschance. Wenn nämlich die fordernde mit einer fördernden Haltung gut ausbalanciert ist, trägt sie wesentlich mit dazu bei, daß junge Leute eigenständig werden, auch dadurch, daß sie sich gegen die Richtlinien und Orientierungspunkte des Vaters auflehnen können – und gerade so zu einer eigenen Position finden.

4. In beiden Aspekten, im Fördern wie im Fordern, geht Väterlichkeit über die private Vaterrolle in der Familie hinaus. Vorgesetzte und Führungskräfte brauchen in diesem Sinn dringend auch »Väterlichkeit«, um ihre Aufgabe auszufüllen. Meines Erachtens geht dieses Bewußtsein in unserer Gesellschaft mehr und mehr verloren. Zum Beispiel gibt es Firmen, in denen junge Männer – wie Richard, der »jüngste Abteilungsleiter« – viel zu früh in Führungspositionen geholt werden. Sie sind hervorragende Fachleute, sind aber als »Helden« noch voll mit dem Kämpfen um die eigene Position beschäftigt und sollen nun plötzlich für andere sorgen und für andere Verantwortung übernehmen. Gewiß schaffen es manche auch schon in jungen Jahren, eine solche berufliche »Vaterrolle« auszufüllen. Ob es ihnen guttut, ist eine andere Frage. Häufig sind dies nämlich meiner Erfahrung nach Männer, die schon in ihren Herkunftsfamilien nie Kind sein durften, sondern – ähnlich wie es bei Richard der Fall war – eine überverantwortliche Position als Ersatzvater oder Ersatzpartner innehatten. Sie »können« dann sicher die Position des Vorgesetzten gut ausfüllen, aber seelisch werden sie dabei weiter ausgebeutet. Viele junge Männer sind allerdings von vornherein mit einer solchen Aufgabe überfordert, vor allem dann, wenn sie in ihrem Team ältere Mitarbeiter führen sollen. Nicht zuletzt scheitern sie dann oft auch an ihrer privaten

Vaterrolle, weil sie dafür einfach nicht mehr genug Energie zur Verfügung haben.

Bei der Auswahl von Führungskräften wird häufig viel zu einseitig auf das Expertenwissen geachtet, nicht aber darauf, ob jemand die menschliche Reife hat, eine solche »Vaterrolle« auch auszufüllen. Vorgesetzte, die das Vatersein im psychischen Sinne nicht einigermaßen verwirklicht haben, stürzen ihre Mitarbeiter oft in tiefe Enttäuschung und Verbitterung. Sie geben ihnen zu wenig Orientierung, schützen sie nicht, kümmern sich nicht um sie, fallen ihnen in den Rücken und versuchen, nur von ihnen zu nehmen statt ihnen zu geben. Solche Vorgesetzten sind meiner Erfahrung nach die Hauptquelle von Demotivation bei den Mitarbeitern. Für eine Vorgesetztenrolle, das zeigen alle Erfahrungen, ist nur geeignet, wer nicht auf die Heldenrolle fixiert ist, sondern den »Helden in sich« durch den »Vater« ergänzt und in die Vaterrolle integriert hat. Die Führungskultur in vielen Unternehmen krankt daran, daß darauf zu wenig geachtet wird.

Allerdings sind damit noch nicht alle Probleme gelöst. Ich erlebe immer wieder, daß Männer von ihrer persönlichen Reife und ihren Fähigkeiten her tatsächlich für die Führungsrolle in hohem Maß geeignet sind und diese auch hervorragend ausfüllen, dennoch aber persönlich scheitern, weil es ihnen nicht gelingt, diese Fähigkeiten auch in ihre private Vaterrolle einzubringen. Ihre Energien fließen fast vollständig in die Berufsrolle. Kinder und Ehefrauen erleben dann die absurde Situation, daß der Mann seinen Mitarbeitern alles das ist, was sie sich so sehr wünschen und so dringend bräuchten, aber zu Hause fällt er vollständig aus. Sicher gehört es zu einer verantwortlichen beruflichen Position, daß das zeitweise so sein kann und die Familie vorübergehend solche »Durststrecken« zu überbrücken hat. Aber das darf kein Dauerzustand sein. Denn wenn zwischen der beruflichen und der privaten Rolle nicht die richtige Balance gefunden wird, wirkt sich das auf die Dauer auch im Beruf negativ aus. Ein Mann wie Richard wird seine Berufsrolle wahrscheinlich nicht mehr sehr kreativ und initiativ ausfüllen, oder, wenn er sich dazu zwingt, dabei zu viel Energie verbrauchen und irgendwann zusammenbrechen. Daher müßten eigentlich auch die Unternehmen größtes Interesse daran haben, daß ihre Führungskräfte befähigt werden und die Möglichkeit erhalten, Berufs- und Privatrolle immer wieder in ein tragfähiges Gleichgewicht zu bringen.

Kapitel 7

# Helden und Muttersöhne

*Bis dahin war ich im Grunde immer noch der verschüchterte Flüchtlingsjunge, der sich abrackerte, um mit guten Leistungen seine Eltern das Vertriebenen-Schicksal vergessen zu lassen. Mein Vater war schwer angeschlagen und als harter, verschlossener Mann aus dem Krieg zurückgekommen, die Mutter neigte zu Depressionen, und so mußte ich mich ganz besonders anstrengen, vor allem, seit sich mein jüngerer Bruder immer mehr als Versager entpuppte. Dagegen Elke, dieses muntere Mädchen, und ihre bodenständige Familie: Das war für mich eine andere Welt, eine Welt voller Helligkeit und Lebensfreude, ein Ort, wo ich mich endlich niederlassen und verschnaufen konnte. Es war, als würde jetzt erst das wahre Leben für mich beginnen. Ich hatte bisher nur Schweres und Dunkles, Druck und Forderung gekannt. Das wollte ich nun weit hinter mir lassen, und in Elke sah ich die Garantie dafür, daß dies möglich wäre.*

Wir haben in den vorausgehenden Kapiteln in verschiedenen Zusammenhängen immer wieder bemerkt, daß uns Richards gegenwärtige Situation in seine Geschichte zurückführt, zu den Erfahrungen des kleinen Jungen in seiner Herkunftsfamilie. Dieses Thema – der Zusammenhang männlicher Schicksale mit der Kindheit, die diese Männer erlebt haben – soll uns in diesem Kapitel ausführlicher beschäftigen.

Dabei erhebt sich als erstes die Frage: Was bringt es eigentlich, mein jetziges Verhalten mit meinem Leben als Junge in meiner Familie in Zusammenhang zu bringen? Ist das nicht die typische Psycho-Masche, mit der sich viele Männer von ihren Frauen geradezu gequält fühlen, wenn sie sie dazu bringen wollen, etwas in ihrem Leben zu verändern? Was soll es schon bringen, für dieses oder jenes Fehlverhalten den Erziehungsstil Mamas oder Papas als Ursache auszumachen?

Es ist wahr: Nach Ursachen in der Vergangenheit zu forschen, kann nutzlos, ja gefährlich sein. Habe ich zum Beispiel Vaters Überstrenge als »Ursache« für meine Ängste entdeckt, liegt es nahe, ihm die Schuld dafür zuzuschieben. Dann habe ich zwar einen Sündenbock – aber ist damit meine Angst weg? Ich habe nur die Verantwortung dafür auf einen anderen abgeschoben! Psychologische Ursachenforschung steht immer in dieser Gefahr. Wir können uns damit in vielfältiger Weise zu Opfern stilisieren und andere zu Tätern machen, aber das Problem ist damit immer noch nicht aus der Welt. Was kann also der Nutzen sein, wenn wir nach Zusammenhängen zwischen unserem Dasein und Sosein heute und unserem Kindheitsschicksal fragen?

Zunächst: Der Blick in die Vergangenheit bringt natürlich nichts, wenn der Mann es seiner Frau überläßt, sich ihren Kopf über seine Geschichte zu zerbrechen. Helfen kann das dem Mann nur, wenn sein eigenes Interesse an den Zusammenhängen erwacht ist und er mit oder ohne Hilfe anderer seine Vergangenheit selber zu durchleuchten beginnt.

Als zweites ist zu bemerken: Es geht bei diesem Blick zurück – wohlgemerkt! – gar nicht um »Ursachenforschung«, sondern um etwas ganz anderes, nämlich um »Verstehen«. Verstehen beinhaltet zweierlei, einmal: etwas Neues zu erkennen und zum anderen: Verständnis im Sinne von Mitgefühl zu entwickeln. Wenn wir in diesem doppelten Sinne unsere Gegenwart im Lichte unserer Vergangenheit besser verstehen, dann entdecken wir neue Sinnstrukturen[28] in unserem heutigen Leben, womöglich gerade in jenen unserer Eigenschaften, deretwegen wir uns selber zu verurteilen geneigt sind, weil sie immer wieder Quelle von Konflikten in unseren Beziehungen sind. Was das Verstehen in diesem doppelten Sinn konkret heißen könnte, wollen wir uns jetzt noch einmal am Beispiel Richards verdeutlichen.

## Richards Stellung im Familiengefüge

Versuchen wir uns anhand von dem, was wir über Richards Familie aus seinem Brief erfahren, in dessen Situation einzufühlen. Sein Brief zeichnet eine typische Familiensituation unserer deutschen Nachkriegsgeschichte. Er betont die bedrückende Atmosphäre in seinem Elternhaus. Die Mutter ist mit den Kindern in der Endphase des Krieges aus den Ostgebieten geflohen. Irgendwann und irgendwo ist der Vater wieder dazugestoßen. Richard weiß nichts darüber, was er in der Zeit vorher durchgemacht, in was ihn der Krieg und das Naziregime vielleicht verwickelt haben. Der kleine Junge erlebt ihn als verschlossen, hart und fordernd, und die Mutter sieht er in seinem Schatten stehen, leidend und in stiller Anpassung. Die Familie steht vor dem Nichts, ist fremd und muß sich – unter vielen Ängsten, existenzieller Not und Bedrohung, wie man sich leicht vorstellen kann – eine neue Existenz aufbauen. Das lastet, auch wenn der Aufbau äußerlich gelingt, wie eine dunkle, schwere Decke auf der Familie. Zudem erweist sich der jüngere Bruder als »Versager«. Er entspricht den Hoffnungen und Forderungen des Vaters nicht und trägt dadurch wahrscheinlich viel zu den depressiven Verstimmungen der Mutter bei. Das alles erlebt der kleine heranwachsende Richard mit, und es beeinflußt seine Gefühle und seine Stimmungen, seine Entwicklungsmöglichkeiten und seine Lebenseinstellung.

Bevor ich näher darauf eingehe, möchte ich deutlich machen, welche Struktur sich in einer solchen Familie herausbildet. Sie ist so oder ähnlich typisch für Familien mit vergleichbarem Schicksal:

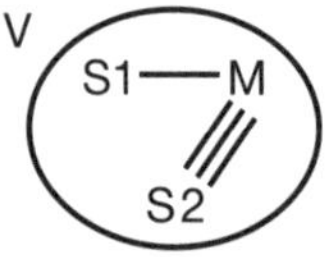


S1 = der ältere Bruder, in unserem Fall Richard, S2 = der jüngere Bruder, V = Vater, M = Mutter. Der Kreis bezeichnet den »Binnenraum« der Familie, aus dem der Vater ausgeschlossen ist, die Anzahl der geraden Linien bezeichnet die emotionale Intensität der Beziehungen.

Wir können zwar nur darüber spekulieren, warum Richard seinen Vater so »hart«, »verschlossen« und fordernd erlebte. Die geschilderte Situation liefert aber dafür zweifellos genügend Gründe. Mögen diese im Einzelfall auch verschieden gewesen sein, häufig hatten sie zur Folge, daß solche Väter in ihren Familien zwar hierarchisch unangefochten an der Spitze standen, aber emotional meist ausgeschlossen waren. Die Kinder, in unserem Fall die Söhne, bildeten zusammen mit der Mutter eine Art »Schutz- und Trutzbündnis«, wobei es im Falle Richards so zu sein scheint, wie ich es ebenfalls oft feststelle: Er »mußte« in der Familie der Tüchtige werden und so wenigstens annähernd den Vorstellungen des Vaters entsprechen, und er »mußte« in besonderer Weise die Stütze der

Mutter sein. Sein Bruder entsprach dem ja in keiner Weise und wurde dadurch zum Versager und zum »Sorgenkind«. Das führt auf der emotionalen Ebene oft zu einer besonderen Nähe zur Mutter, vor allem wenn sie sich wie in Richards Familie dem Vater gegenüber ebenfalls unterlegen und in einer untergeordenten Rolle fühlt.So haben wir einen stark erscheinenden, dominierenden, aber einsamen Vater, eine depressive, überforderte Mutter, der gefühlsmäßig der jüngere Sohn besonders nahesteht. Man kann sich vorstellen, wie es einem Jungen wie Richard in einer solchen Familienkonstellation erging, und vieles, was er in seinem Erwachsenenleben tut oder nicht tut, erscheint dadurch in einem neuen Licht.

**Enttäuschte Hoffnungen**

Als erstes wird auf diesem Hintergrund verständlich, wie unendlich wichtig für Richard Elke und ihre vom Krieg wenig in Mitleidenschaft gezogene, bodenständige Familie waren.

*»Es war, als würde jetzt erst das wahre Leben für mich beginnen. Ich hatte bisher nur Schweres und Dunkles, Druck und Forderung gekannt. Das wollte ich weit hinter mir lassen, und in Elke sah ich die Garantie dafür, daß dies möglich wäre.«*

Ihre Liebe erschien ihm wie die Erlösung. Das ist aus seiner Situation heraus zutiefst verständlich, aber realistisch betrachtet handelt es sich dabei um eine gefährliche Idealisierung. Elke und ihre Familie wurden für Richard das heile Gegenbild zu seiner eigenen Lage. Daß es auch dort Dunkel und Schatten geben könnte, diese Möglichkeit blendete er aus. Auf dem Hintergrund seines eigenen Flüchtlingsschicksals versprach ihm Elke mit ihrem familiären Hintergrund einen neuen Heimatboden, in dem er Wurzeln schlagen und Geborgenheit finden konnte. Natürlich mußte einer solchen Idealisierung die Enttäuschung folgen. Richard heiratete ziemlich überstürzt, und sehr bald zeigte sich, daß Elke doch nicht nur der rettende Engel war, der ihm alles bot, was er entbehrt hatte, sondern daß sie ebenfalls bedürftig war und seinen Beistand brauchte. Das war die erste und tiefgreifende Enttäuschung, die er in der Beziehung erlebte.

Eine derartige Enttäuschung steht häufig am Beginn negativer Entwicklungen in der Liebe. In der Regel ist ein junger Mann in Richards Alter noch nicht in der Lage, seine Situation mit einem gewissen Abstand zu reflektieren. Es fällt ihm meist gar nicht auf, wie schwer die Last ist, die er trägt. Darum bemerkt er auch nicht, daß er von der Partnerin erwartet, durch ihre Liebe von dieser Last zu befreit zu werden. Und er weiß auch noch nicht, wie wenig aussichtsreich das Unternehmen ist, durch eine Art Kopfsprung aus dem Gefüge der Herkunftsfamilie in die neue Beziehung hinein die Vergangenheit hinter sich lassen zu wollen.

Dadurch wird eine Paarbeziehung überfordert. Sie kann die Defizite eines schwierigen Kindheitsschicksals nicht einfach kompensieren. Natürlich eröffnen neue Beziehungen auch neue Lebensmöglichkeiten, und zweifellos kann eine eigene Familie eine starke Herausforderung sein, alte Enttäuschungen hinter sich zu lassen. Aber das andere ist auch wahr: Das Alte verschwindet in der neuen Beziehung nicht einfach, man nimmt es mit, und in der Regel kommt es da wieder zur Wirkung. Man kann das auch positiv sehen: Wenn das Alte in der neuen Beziehung, in der neuen Familie, wieder auflebt, bedeutet das ja gerade die Chance, es zu überwinden. Aber das verlangt sehr viel Bewußtheit über die Zusammenhänge. Per Kopfsprung kann man der Vergangenheit nicht entkommen.

Selbst die Enttäuschung darüber, daß das nicht geht, könnte zu einer Chance werden. Sie könnte zur Ent-Täuschung, zur Befreiung von der Täuschung werden und einem realistischeren Beziehungskonzept Platz machen. Freilich ist das nur möglich, wenn man über das, was einen bewegt, mit der Partnerin zu reden beginnt. Aber gerade das hatte Richard als Junge nicht gelernt. Er hatte still getragen und sich angestrengt, um es allen rechtzumachen. Was dabei in ihm vorging, dafür hatte niemand ein Ohr gehabt. Durchhalten war für ihn die Devise. Darum löste seine Zunge auch die Enttäuschung darüber nicht, daß Elke nicht seinen Erwartungen entsprach, sondern ebenfalls bedürftig war, im Gegenteil. Er schloß die Enttäuschung in seinem Herzen weg wie vieles andere, das er bisher erlebt hatte. Es fehlten ihm die Worte, mit denen er seine Befindlichkeit ausdrücken konnte. Aber die Enttäuschung war da, und weil sie nicht ausgesprochen wurde, begann sie die weitere Entwicklung der Beziehung zu vergiften.

### Die »Antreiber« Richards

*»Ich arbeitete wie ein Berserker, und der Erfolg blieb nicht aus. So war ich bald der jüngste Abteilungsleiter der Firma.«*

Von dieser Arbeitswut Richards, von seinen inneren »Antreibern« und ihren zerstörerischen Wirkungen auf die Liebesbeziehung haben wir bereits ausführlich gesprochen (Kapitel 2). Hier soll noch einmal kurz auf den familiären Hintergrund davon hingewiesen werden. Daß Richard sich so unter Druck setzt, daß er um den beruflichen Erfolg wie um seine Existenz kämpft und davon nicht lassen kann, auch wenn die Beziehung darunter immer mehr zu leiden beginnt, dieses Verhaltensmuster wird ebenfalls aus seiner Stellung in seiner Herkunftsfamilie verständlich. Hier spielten sozusagen alle zusammen: der vom Krieg gezeichnete Vater, der alles verloren hatte und nun verbissen um den Aufbau einer neuen Existenz kämpfte, die leidende Mutter, der es häufig schlecht ging und die Richard mit seinen Leistungen zu erfreuen suchte, und schließlich der Bruder, der versagte oder sich verweigerte und damit zum zusätzlichen Ansporn für Richard wurde, es besser zu machen, um seinerseits die Eltern nicht auch noch zu enttäuschen. Richard wurde in seiner Familie mit seinen Leistungen ähnlich wie viele Männer seiner Generation zum Hoffnungsträger – und er trug schwer an dieser Last. In seinem Leben konnte nie die Frage bestimmend werden, was denn sein Weg sein könnte, bestimmend wurde vielmehr die Frage, welchen Weg er zu gehen habe, um seine Eltern die schlimmen Erfahrungen des Krieges vergessen zu lassen und ihre enttäuschten Hoffnungen zu erfüllen. Aus dieser Familiensituation »hörte« Richard die Botschaft, die er mehr und mehr verinnerlichte und die zu seinem inneren »Antreiber« wurde, der ihm künftig einschärfte: »Du mußt den Anforderungen der anderen gerechtwerden, nur dann bist du etwas wert!«

Elke kam zwar aus einem ganz anderen Milieu, in dem dieser Druck nicht spürbar war, sie schien ihn darum zunächst auch entlasten zu können, aber Richard hatte das Muster so tief in seinem Verhaltensrepertoire verankert, daß es durch ihr Auftauchen nicht einfach getilgt werden konnte. Als die entsprechende äußere Situation eintrat, nämlich der Einstieg in den neuen Beruf mit all seinen Verunsicherungen und Anforderungen, hatte es ihn wieder voll im Griff. Der Druck, sich jetzt auf jeden Fall bewähren zu müssen und nur ja nicht versagen zu dürfen, überdeckte alles andere, und so fügte er Elke die ersten schweren Enttäuschungen in der Beziehung zu, weil er sie aus diesem Druck heraus in zentralen Lebenssituationen – bei der Familiengründung und der Geburt des zweiten Kindes – nicht unterstützte, sondern hängenließ.

Das Fatale ist, daß wir, wenn uns innerlich ein derartiges Muster bestimmt, auch immer wieder die äußere Situation herstellen, die den Anschein erweckt, als ließe sie nur diese Verhaltensmöglichkeit zu. So »passiert« es Richard immer wieder, daß sich Anforderung auf Anforderung an ihn häuft, und die Partnerbeziehung, obwohl er bewußt etwas ganz anderes wollte, immer wieder zu kurz kommt. Heirat, Berufsanfang und erstes Kind kommen fast zur gleichen Zeit, später dann das zweite Kind, der berufliche Aufstieg und der Hausbau. Richard kann sich dem Bedürfnis, immer alles auf einmal und in der kürzestmöglichen Zeit zu erreichen, nicht entziehen. Unbewußt handelt er immer noch als der Hoffnungsträger seiner Herkunftsfamilie, an dessen Erfolg oder Mißerfolg deren Wohl oder Wehe hängt! Er will es nach wie vor »ganz gut« für seine Familie machen, und das Tragische ist, daß er damit sein Glück in der jetzigen Familie zerstört.

Viele Männer, die in ihrer beruflichen Arbeit tüchtig und leistungsfähig sind, sich aber gleichzeitig so darin verausgaben, daß sie zu Hause als Partner ausfallen, sind von ähnlichen Erfahrungen ihres inneren »kleinen Jungen« bestimmt, von Antreibern, die sie unbarmherzig jagen und zu Höchstleistungen zwingen. Die innere Loyalität zu ihrer Herkunftsfamilie bestimmt nach wie vor das gegenwärtige Handeln. Richard verspielt aus dieser unbewußten Verpflichtung heraus Zug um Zug die Chancen seiner Liebe zu Elke und manövriert sich immer mehr in die Position des Einsamen hinein, der sich nicht verstanden fühlt. Er agiert immer noch aus der Position des gut funktionierenden Ältesten heraus, für dessen eigene und wahre Bedürfnisse kein Platz ist.

Diese Position des Einsamen, in der sich unzählige beruflich sehr erfolgreiche Männer fühlen, ist eine sehr verletzbare Position. Sie ist anfällig für seelische und körperliche Erkrankungen, die das ganze Lebensgebäude, das über Jahre hin mit unendlicher Anstrengung errichtet wurde, mit einem Schlag ins Wanken bringen können.

Der Weg, es nicht dahin kommen zu lassen und heilende Kräfte zu aktivieren, wäre, hinter dieser Anstrengung den angstvollen und sich abmühenden kleinen Jungen, der es seinen Eltern nicht zu schwer machen will, aufzuspüren. Dieser kleine Junge in mir braucht mein Mitgefühl und mein Mitleid. Dieses Verstehen im Sinne von »Verständnis haben« mit seinem Bemühen, seinen Ängsten und seinem Leiden fällt allerdings Männern wie Richard nicht leicht. Sie tun es als Selbstmitleid und Wehleidigkeit ab, denn sie sind es gewohnt, ebensowenig Rücksicht auf sich selbst zu nehmen wie ihre Herkunftsfamilie auf sie genommen hat. Aber dieses Mitleid mit sich selber wäre der erste Schritt zu einer Lösung. Denn er bedeutet, die Härte loszulassen, mit der solche Männer gegen sich selber und in der Folge auch gegen ihre engsten Angehörigen vorgehen.

## Ein Muttersohn

Wenn wir einen weiteren Blick auf die Skizze von Richards Herkunftsfamilie werfen, fällt noch etwas auf: Richard nahm in dieser Konstellation eigentlich die Position des Ehemanns ein. Das hatte mehrere Konsequenzen. Erstens stand er damit der Mutter »zu nahe«, zweitens geriet er dadurch in Konkurrenz zu seinem Vater und drittens nahm er damit dem jüngeren Bruder gegenüber eine hierarchische Position ein, die ihm nicht zukam. Er stand – mit einem Wort gesprochen – in seiner Familie am falschen Platz. Natürlich trug er dafür keine moralische Schuld. Er wurde durch das Zusammenspiel der ganzen Familie an diesen Platz gerückt. Dennoch war es der falsche Platz, den er als Kind einnahm – und das wirkte sich in seinem weiteren Leben aus.

Bei Richard sehen wir immer wieder, daß er sich nicht wirklich auf seine Frau einlassen kann. Es bleibt – abgesehen von der ersten Zeit der Verliebtheit – immer eine Barriere zwischen den beiden. Darin spiegelt sich in mehrfacher Hinsicht sein Platz in der Herkunftsfamilie wider. Einmal ist der Platz der Frau in seinem Inneren noch immer von seiner Mutter besetzt, für die er die Rolle eines Partnerersatzes spielte. In diesem Sinn ist Richard ein »Muttersohn«, der noch gebunden und nicht wirklich frei ist für die Liebe zu einer anderen Frau. Allerdings ist er ein Muttersohn, der sich innerlich seiner Stellung sehr unsicher ist.[29] Denn die emotionalere Beziehung hatte die Mutter offenbar zum jüngeren Bruder, dem »Sorgenkind«, und ins Bett geht sie mit dem Vater. Richards Möglichkeit, seine Position an der Seite der Mutter zu behaupten, war seine Tüchtigkeit. Dieses Muster wiederholte er in seinem Erwachsenenleben im Beruf und bemerkte nicht, daß er sich damit Elke mehr und mehr entzog.

Daß in Richards Herz der Platz der Frau immer noch durch die Mutter besetzt ist, zeigt sich auch darin, daß er das Muster der Bindung an sie teilweise auf Elke überträgt. Der kleine Junge als Partnerersatz ist ja in sich eine zwiespältige Position. Die Beziehung des »Muttersohns« zu seiner Mutter ist in den meisten Fällen sehr ambivalent. Denn den Ansprüchen der erwachsenen Frau kann der Junge ja nicht gerechtwerden, und mit seinem Heranwachsen entsteht der natürliche Impuls, sich zu lösen und seine eigenen Wege zu gehen. Andererseits fühlt er sich durch das Leiden der Mutter, durch ihre Sorgen mit Mann und jüngerem Bruder als deren Stütze und hat nicht die innere Freiheit zu gehen. Darum entwickeln solche Jungen indirekte Strategien, die einerseits den offenen Bruch vermeiden, andererseits doch eine Art Freiraum schaffen. Zum Beispiel ziehen sie sich zurück, weichen dem Blick der Mutter aus, verstummen und sagen nichts mehr, werden verstockt und muffelig. Wir haben in Kapitel 3 gesehen, wie sich dem kleinen Jungen solche Strategien nahelegen. Sie werden durch eine besondere Konstellation wie diejenige Richards noch erheblich verstärkt, und dann – im Erwachsenenalter – auf den Umgang mit der Partnerin übertragen, sobald das Stadium der Verliebtheit vorübergegangen ist. Der Beziehungsalltag läßt auch hier die alten Muster wieder aufleben. Richards Stummheit und Verstocktheit Elke gegenüber haben hier wohl ihre tiefsten Wurzeln.

Weiter hat mit diesem »falschen Platz« in der Familie und in zu großer Nähe zur Mutter zu tun, worüber wir schon gesprochen haben: die wachsende sexuelle Unlust auf Seiten Richards. Elke repräsentiert dadurch, daß sie selber zweimal Mutter wurde, in seiner inneren Welt mehr und mehr die eigene Mutter. Dadurch wird aber auch das innerfamiliäre Inzesttabu aktiviert, das, wie wir sahen, schon bei höheren Tieren Nachwuchs und Eltern davor schützt, miteinander sexuell intim zu werden.[30] Richard ist also auch in diesem Punkt Elke gegenüber der kleine Junge, der »zumacht« und im Geheimen sehnsüchtig nach *»so einer kleinen Anschmiegsamen«*, wie er sich im Brief ausdrückt, Ausschau hält, also nach einer, die aus dem Blickwinkel seines inneren »kleinen Jungen« nicht über ihm steht, sondern auf derselben Ebene, und der gegenüber er sich darum auch sexuell frei fühlen würde.

Das hier beschriebene Übertragungsmuster macht in ähnlichen Beziehungskonstellationen nicht selten die innere Dynamik von Außenbeziehungen aus, auf die sich Männer in Richards Alter und Richards Situation häufig einlassen. Von seiner Frau wendet sich der »Muttersohn« wie von seiner Mutter ab und sucht in der biologisch viel jüngeren Geliebten die – in psychischer Hinsicht – »Gleichaltrige«, mit der er dann Sexualität erleben kann, weil sie, zunächst jedenfalls, nicht von seiner Mutterübertragung überschattet wird.

**Vatermangel**

Der zu großen Nähe zur Mutter entspricht in Richards Familiengefüge die zu große Entfernung zum Vater. Es ist auffallend, daß die Helden der Mythen oft genau dieselbe Stellung in ihren Herkunftsfamilien haben. Sie sind ebenfalls »Muttersöhne« und haben große Probleme mit ihren Vätern. Entweder ist der Vater ganz unbekannt, oder die Mutter muß den Sohn vor ihm schützen, wie etwa Rea den kleinen Zeus vor seinem kinderfressenden Vater Kronos. Oder die Mutter entzieht den Sohn dem Vater oder betrügt ihn um seinetwillen, um ihre eigenen Pläne mit ihm zu verfolgen, wie zum Beispiel Rebekka, die Mutter des alttestamentlichen Jakob, die ihren Mann hintergeht, um den »Segen« für ihren Lieblingssohn zu ergattern. Oder der Vater treibt sich in der Fremde und mit anderen Frauen herum und läßt den Sohn bei der Mutter allein, wie es zum Beispiel bei Parzival und seiner Mutter Herzeloide der Fall ist. Die Kindheit der mythischen Helden ist jedenfalls häufig durch die Abwesenheit des Vaters geprägt, und insofern sind sie durchaus Leidensgenossen vieler moderner »Helden«.

Natürlich sind auch in diesem Punkt die Einzelheiten verschieden. Viele Männer haben ihre Väter überhaupt nicht kennengelernt, weil diese im Krieg gefallen sind, oder die Väter sind erst nach jahrelanger Kriegsgefangenschaft heimgekehrt und waren dann Fremde, die aber ihren Platz beanspruchten und den Sohn verdrängten. Für andere wieder – wie für Richard – waren sie zwar physisch zu einem relativ frühen Zeitpunkt wieder da, aber psychisch abwesend, weil sie völlig vom Wiederaufbau der Nachkriegszeit absorbiert waren, möglicherweise auch damit beschäftigt, in ihrer Arbeitswut vergangene Verwicklungen in das Dritte Reich zu verdrängen und zu vergessen. Bei aller Unterschiedlichkeit im einzelnen ist diese Abwesenheit des Vaters aber ein gemeinsamer Nenner der Kindheit und Jugend vieler heute vierzig- bis fünfzigjährigen Männer.

Daraus wird wiederum einiges an ihren Einstellungen und ihrem Verhalten verständlich und einfühlbar. Immer wieder fällt auf, wie sehr Richard als »Einsamer« durch die Welt geht. Er muß alles allein durchkämpfen, er hat, bis er auf seinen Jugendfreund stößt, niemanden, mit dem er sich aussprechen und von dem er Unterstützung anfordern könnte. Hier spüren wir wieder den kleinen Jungen durch, dem der väterliche Rückhalt fehlt. Er kann nicht zurückgreifen auf diesen inneren Halt. Er hat keinen Vater in sich hineingenommen, der ihn stützt und fördert, sondern im Gegenteil einen, der ihm emotional fern ist, der von ihm fordert, ihn vielleicht auch bedroht. Man kann sich auf diesem Hintergrund vorstellen, wie sehr ihn die Auseinandersetzung mit dem übel gesonnenen Vorgesetzten bedroht haben muß, von der er in seinem Brief berichtet. Er gewinnt diese Auseinandersetzung zwar, aber man kann sich denken, welche Menge an seelischer Energie ihn das gekostet hat, Energie, die ihm für seine Beziehung dann fehlte.

Das Bedrohliche des inneren Vaterbildes wird noch dadurch verstärkt, daß Richard durch seinen Platz neben der Mutter auch zum Rivalen für den Vater wurde, weil er diesem den Platz neben der Frau wegnahm. Er hatte damit eine zutiefst gefährdete Position inne. Darum bekommt Richard auch wie viele Männer mit ähnlichem familiären Hintergrund sehr früh eine Vorgesetztenrolle, denn um an seinem Platz neben der Mutter nicht unterzugehen, hatte er gelernt, verbissen zu kämpfen und Rivalen aus dem Felde zu schlagen. Das hat ihn geprägt, und so traut man ihm schon in jungen Jahren die Leitung einer Abteilung zu, aber von seiner seelischen Entwicklung her steht er in dieser »Vaterposition« auf tönernen Füßen, so wie damals als ältester Sohn in seiner Familie neben seiner Mutter.

Hier wird deutlich, daß das Held-Sein und das Muttersohn-Sein oft eine innere Verbindung haben. Die großen Taten der Helden sind häufig aus Überanstrengung geboren: aus dem verbissenen Willen, einen Platz im Leben zu behaupten, der eigentlich nicht ihm, sondern einem anderen gehört. Das aber bedeutet psychisch eine dauernde Überforderung und eine chronische Streß-Situation, die gewiß zu den in der Altersstufe Richards so häufig auftretenden Rückenbeschwerden und Herz-Kreislauf-Erkrankungen beitragen.

Eine besondere Tragik besteht darin, daß in Richards Familie, wie wir bereits erwähnt haben, wieder dieselbe Struktur entsteht: Wie sein Vater gerät er an den Rand, und wie er selbst in der Kindheit nimmt nun sein Sohn den Platz an der Seite seiner Frau ein. Solche Wiederholungen erinnern in manchen Familien an die Unerbittlichkeit griechischer oder Schiller'scher Tragödien. Man entrinnt ihnen nicht, wenn das Muster nicht innerlich-seelisch aufgelöst wird.

**Keine Freunde**

Werfen wir noch einen dritten Blick auf die Familien-Skizze Richards und fassen wir seine Stellung dem jüngeren Bruder gegenüber ins Auge. Hier finden wir einen weiteren Grund, warum Richard so allein in der Welt steht und keine Freunde hat. Mit Gleichen umzugehen, lernen Kinder vor allem durch ihre Geschwister. Der Muttersohn und Vater-Konkurrent Richard hat nicht gelernt, ein Gleicher unter Gleichen zu sein. Im Familiensystem steht er »über« dem jüngeren Bruder, der die Rolle des Versagers und Verweigerers innehat. Er gerät ihm gegenüber in eine quasi Elternposition. Meist entsteht daraus ein typischer Bruderzwist. In den Augen des Jüngeren maßt sich der Ältere etwas an, das ihm nicht zusteht. In den Augen des Älteren aber macht es sich der Jüngere bequem, während er seinetwegen doppelt schuften muß. Dadurch entsteht ein untergründiger Haß aufeinander, weil der eine sich abgewertet und der andere sich in seinen Möglichkeiten, Kind zu sein, beschnitten sieht. Dieses Ressentiment gegen die »Gleichen« wird im Erwachsenenalter dann häufig auf die Arbeitskollegen, Sportkameraden und alle Männer in »gleicher« Position übertragen. Der »Bruder Mann« kann dadurch nicht zum intimen Freund werden. Er ist entweder gleichgültig oder ein potentieller Konkurrent. Diese Haltung haben viele Männer ihren Geschlechtsgenossen gegenüber. Das trägt zwar häufig wie bei Richard dazu bei, daß sie früh in die Vorgesetztenrolle geschoben werden, aber sie werden darin nicht glücklich. Denn es fehlt ihnen ein tragendes Gefühl der Solidarität mit ihrem eigenen Geschlecht, wodurch sie sich in der Position des Vorgesetzten immer einsam und gefährdet vorkommen.

Das Heldenhafte an Richard ist also wie bei vielen Männern mit vergleichbaren Lebensläufen die Rüstung, hinter der sich der kleine Junge, der Muttersohn versteckt, um sich zu schützen und zu überleben. Im fortgeschrittenen Alter wird dann an Müdigkeit, Einsamkeit und körperlichem Zusammenbruch deutlich, daß diese Rüstung viel zu groß und zu schwer war.

### Was bringt Vergangenheitsarbeit?

1. Am Beispiel Richards wollte ich zeigen, was uns der Blick in die Vergangenheit bringen kann. Ich möchte dies abschließend nochmals deutlich machen. Wir haben am Anfang dieses Kapitels gesagt, es gehe um »Verstehen«, und zwar in einem doppelten Sinn: im Sinn von Neues erkennen und im Sinn Verständnis für sich selber entwickeln. Vielleicht ist dem Leser auf den letzten Seiten schon deutlich geworden, was damit gemeint ist: Wenn ich mich mit der eigenen Geschichte befasse, lerne ich den »kleinen Jungen in mir« zu verstehen, mit ihm mitzufühlen, ihn vielleicht in seinem Mühen

und seinem Leiden auch zu lieben. Das ist nicht selbstbezogener Narzißmus, vielmehr aktiviere ich dadurch in mir mein »nährendes Eltern-Ich«[31] als Gegenkraft gegen die fordernden und verurteilenden Eltern-Instanzen, die ich auch in mir habe und unter deren Einfluß viele Männer so hart mit sich selber umgehen. Der »kleine Junge in mir« erfährt vielleicht dadurch zum ersten Mal das Mitgefühl, das er in seiner Familie gebraucht hätte, um auch andere Seiten in sich zur Entfaltung zu bringen. Es geht also nicht um Selbstmitleid, sondern um Selbst-Akzeptanz. Es geht darum, zu dem »kleinen Jungen in mir« eine fördernde anstelle einer »Antreiber«-Beziehung zu entwickeln, damit er auch seine Lebendigkeit in mir entfalten kann.

Neben dem »Helden« und dem »Vater« taucht hier noch ein dritter Archetypus auf, der wesentliche Bedeutung für das Leben des Mannes hat: der Archetypus des Kindes. Ihm begegnen wir bei dieser »Vergangenheitsarbeit« in unserem »kleinen Jungen«, der ja nicht einfach verschwunden, sondern in uns immer noch lebendig ist. In diesem Archetypus verkörpert sich das kindliche Angewiesensein auf liebevolle Fürsorge, aber auch die ursprüngliche Lebendigkeit und Vitalität des »Freien Kindes«.[32] Der Zugang zu diesem »Freien Kind« in uns öffnet sich nur, wenn wir uns mit dem eigenen kindlichen Schicksal beschäftigen, dem Leiden und Bemühen des kleinen Jungen in uns. Nur so gelangen wir auch zu seinen anderen, den lebendigen und vitalen Seiten. Das »Freie Kind« in uns wird lebendig, wenn wir uns auch mit seinen Einschränkungen befaßt haben. Zum Reifungsprozeß des Mannes gehört es, neben dem »Helden« und dem »Vater« auch das »Kind« in sich wieder lebendig werden zu lassen und als einen wesentlichen Teil der Persönlichkeit anzunehmen.

Männer, die auf diesem Weg sind, zeigen auf einmal wieder eine einfache Fröhlichkeit, bekommen Sinn für das Spielerische (was sich dann oft für ihre jüngeren Kinder oder ihre Enkel sehr angenehm auswirkt) und können auch wieder im Hier und Jetzt leben und den Augenblick genießen, statt immer hinter irgendwelchen Zielen herzujagen. Sie kommen ihren Gefühlen näher und schämen sich nicht mehr, ihre Bedürftigkeit ihren Frauen gegenüber direkt auszudrücken, was diese oft mit großer Erleichterung quittieren.

Um dazu zu kommen, braucht es aber die konkrete Beschäftigung mit der eigenen, individuellen Geschichte. Ich lasse in Führungsseminaren die Teilnehmer immer wieder ihren bisherigen Lebenslauf in Form einer Linie oder Kurve darstellen. Es ist erschütternd, welche Lebensanfänge da deutlich werden. Bei dem einen ist die Mutter, geschwächt vom Krieg, bei der Geburt gestorben, der andere ist auf der Flucht zur Welt gekommen, der dritte hat seinen Vater nie kennengelernt, weil er jahrelang als vermißt galt. Vertreibung, Bedrohung, Verlassenheit, Existenzangst – unter diesen Vorzeichen sind sie ins Leben hineingegangen. Hat ihnen diese Erfahrung den Mund verschlossen? Mir wird in letzter Zeit immer deutlicher, wie vieles an dem, was Männern dieser Generation im Beziehungsverhalten zu Frauen vorgeworfen wird, seine Wurzeln in diesen typischen Verläufen der Kriegs- und Nachkriegs-Familien-Geschichten hat und wie sehr daraus verständlich und nachfühlbar wird, wie sie sich verhalten. Es lohnt sich, die Geschichte der beiden letzten Generationen so genau wie möglich nachzuvollziehen und mit unseren Lebenshaltungen heute in Verbindung zu bringen. Der aus der Katastrophe des Zweiten Weltkriegs und des Wiederaufbaus erwachsene Anspruch an die heute Vierzig- bis Fünfundfünzigjährigen war in vielen Fällen übermäßig und eine totale Überforderung.

2. Damit das Verstehen der eigenen Geschichte seine volle Wirkung entfalten kann, brauchen wir dafür aber auch ein Echo. Darum sollten Männer anfangen, das, was sie beim Erforschen ihrer Geschichte erkennen, auch zu erzählen. Das Schweigen darüber diente damals, am Anfang ihres Lebens, dem Überleben. Man hat sich von dem Grauen abgewandt und nur noch in die Zukunft und auf den Wiederaufbau geblickt. Diesem Diktat ihrer Familien folgen viele Männer immer noch. Sie sind nach wie vor die braven Söhne ihrer Mütter und Väter, die durch ihr Wohlverhalten die schlimmen Dinge, die die Familie erlebt hat, vergessen machen wollen. Sie helfen immer noch mit, die Tabus und das Schweigen aufrechtzuerhalten, mit dem die Eltern hinter sich lassen wollten, was ihnen widerfahren war. Dieses Schweigen gilt es zu brechen. Das wäre bereits ein wesentlicher Schritt, jene unwürdige

Rolle des Beziehungsverweigerers abzulegen, in die sie vielfach hineingeraten sind.

3. Das Erforschen der eigenen Kindheitsgechichte bringt, so haben wir gesagt, auch Verstehen in einem anderen Sinn, im Sinn von »Erkennen«. Vor allem die eine Erkenntnis ist wichtig: Die Tatsache, daß ich als Mann so bin wie ich bin, ist nicht eine »Naturtatsache«. »Ich bin halt einfach so«, sagen viele zu ihren Frauen und meinen, damit wäre der Fall erledigt. Ist er aber nicht, weil aus der Beschäftigung mit der Vergangenheit deutlich wird: Mein Verhalten ist nicht in meinem Charakter festgelegt, sondern ist ein Muster, das ich in einer bestimmten Situation gelernt habe. Der Fleiß und die zwanghafte Tüchtigkeit Richards, seine Schwierigkeiten in nahen Beziehungen, sein guter Kontakt zur Tochter und sein schlechter zum Sohn und so weiter, das alles hat zu tun mit den Möglichkeiten, Notwendigkeiten und Grenzen, die sich aus dem Gefüge seiner Herkunftsfamilie und seinem Platz, den er darin einnahm, ergaben. Wenn das aber gelernte Muster sind, ist dann nicht ein Neu-Lernen und Um-Lernen möglich? Natürlich »mußte« Richard sich damals dem Druck beugen, der sich aus der Forderung des Vaters, dem Leiden der Mutter und dem Versagen des Bruders ergab, und *»schuftete wie ein Berserker«*, um alle Erwartungen zu erfüllen. Muß er es aber jetzt auch noch? Wenn er wirklich tief eingesehen hat, warum er damals so handelte und daß es jetzt nicht mehr nötig ist, weil er inzwischen in einer ganz anderen Situation lebt, müßte es doch möglich sein, jedenfalls allmählich, den Druck abzubauen und zu einem anderen Verhalten zu kommen! Wenn wir unsere Vergangenheit unter dem Blickwinkel der »erlernten Muster« erforschen, lernen wir allmählich, sie von unserer Gegenwart zu unterscheiden, damit das, was damals notwendig war, jetzt als unnötig erkannt wird und fallengelassen werden kann. Dazu möchte ich auf einige Hilfsmittel hinweisen.

Neben dem Erkennen, auf welchem – vielleicht »falschen« – Platz man in der Herkunftsfamilie stand, und dem Mitgefühl, das man diesbezüglich mit sich selber entwickelt, kann es, um auch zu einem neuen Handeln zu kommen, hilfreich und notwendig sein, das System der eigenen Herkunftsfamilie im eigenen Kopf neu »zu ordnen«. Wir tragen ja dieses System als Bild in uns, und nach diesem Bild konstellieren wir immer wieder die sozialen Gefüge, denen wir angehören. So haben wir gesehen, wie sich um Richard seine jetzige Familie ganz ähnlich, in ähnlicher Anordnung und mit ähnlichen Rollen, aufbaut wie es in seiner Herkunftsfamilie der Fall war, und auch in seiner Abteilung hat er zeitweise die Position des gefährdeten Ältesten, dem der väterliche Rückhalt fehlt. Das Gefüge des inneren Familienbildes neu zu ordnen, würde bedeuten, daß Richard innerlich den Platz, auf dem er stand, verlassen und in seinem Geiste zu seinem Vater sagen würde: »Vater, das ist dein Platz, er gebührt dir, denn ich bin dein Sohn und du bist mein Vater!« Und zur Mutter gewandt könnten dann die Worte lauten: »Das ist dein Mann, er gehört an diesen Platz, nicht ich, ich bin dein Sohn!« Er müßte dann auf den »richtigen« Platz in seiner Herkunftsfamilie gehen, sich »neben« seinen Bruder stellen und zu ihm sagen: »Du bist mein Bruder, du bist nicht unter mir, neben dir ist mein richtiger Platz! Ich achte den Weg, den du gegangen bist, und ich kann verstehen, daß du dich so entschieden hast!«

Das richtiggestellte innere Bild der Familie würde bei Richard dann etwa folgendermaßen aussehen:

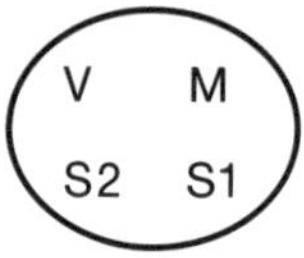


Vergleiche dazu Abb. auf S. 134. Der Vater steht nun innerhalb der »Binnengrenze« neben der Mutter. Die Söhne stehen auf gleicher Ebene und deutlich unterschieden von der Paarebene der Eltern.

Dieses Richtigstellen ist, wie gesagt, vor allem ein innerer, geistig-psychischer Prozeß, der allerdings durch äußere Maßnahmen unterstützt werden kann, ja vielleicht auch muß, damit er gelingt. Entweder leben die Familienmitglieder noch, zum Beispiel die Geschwister oder wenigstens ein Elternteil, dann kann dieser Prozeß durch Gespräche und direkten Austausch in Gang gebracht werden, wobei oft regelungsbedürftige familiäre Angelegenheiten ein guter Anlaß für den Einstieg sind. Oder aber man kann einen symbolischen Weg in einem therapeutischen Rahmen wählen, um diese Schritte zu tun. Gerade in letzter Zeit habe ich in Gruppen mit Paaren und in sogenannten »Skript-Seminaren«[33] bei Männern solche Annäherungsprozesse an Väter und Brüder in oft sehr bewegender Weise miterlebt.

Methodisch läßt man dabei die Rollen der Familienmitglieder von Gruppenteilnehmern darstellen, baut mit ihnen das alte innere Familienbild äußerlich auf und führt schrittweise jeden an seinen richtigen Platz, um so das Neuordnen des inneren Bildes sinnfällig zu vollziehen.[34] Diese Erfahrung ist sehr oft der Beginn eines neuen Verhaltens innerhalb des sozialen Gefüges, dem der Betreffende jetzt angehört. Zum Beispiel lösen sich Konflikte mit Vorgesetzen, oder es entwickelt sich der Anfang einer gewandelten Vater-Sohn-Beziehung. Für das Gefühl, als Mann einen grundlegend guten Ort in dieser Welt zu haben, ist es von entscheidender Bedeutung, daß er sich an »seinen« Platz in der männlichen Generationenfolge stellt und Frieden schließt mit sich und seinen Vorfahren. Vom »richtigen« Platz aus kann er dann auch seiner Frau als Partner ebenbürtig gegenübertreten.

4. Hilfreich für diesen Prozeß kann weiter sein, wenn Männer persönliche Freundschaften zu anderen Männern aufzubauen beginnen, so wie es sich bei Richard mit Günther anzubahnen scheint. Männerfreundschaften stärken das Gefühl der Beheimatung im eigenen Geschlecht. Ich habe im ersten Kapitel davon gesprochen, daß es in den Heldenmythen schöne Beispiele für sehr emotionale, liebevolle Männerbeziehungen gibt. In solchen Freundschaften haben spielerische Konkurrenz, lustvoller Kampf und Wettstreit genauso Platz wie Zärtlichkeit und liebevolle Berührung. Immer wieder höre ich von Männer-Gruppen, die dafür einen Raum schaffen, wie er sonst in unserer Gesellschaft kaum zu finden ist.

Männern mit Vatermangel kann es sehr helfen, wenn sie sich dabei erlauben, ausdrücklich Väterliches von ihren Freunden zu erbitten, sich von ihnen beraten zu lassen, ihnen ihre Sorgen zu erzählen oder sich von ihnen die Unterstützung, das Lob und die Anerkennung zu holen, die die leiblichen Väter oft verweigert haben. Die vaterlosen Helden der Mythen hatten, wie erwähnt, oft auch einen älteren, väterlichen Freund, einen Meister, der sie begleitete, beriet und sie in den Gebrauch der Waffen einführte, wie zum Beispiel Parzifal, der bei Gurnemanz lange in die Lehre ging. Männer mit Vatermangel sollten darum auch bewußt Beziehungen zu älteren Männern herstellen, die sie als »positive Väter« erleben und in ihr inneres Weltbild einbauen können. Ich bin immer wieder erstaunt, wie wichtig für junge Männer auch heute noch die älteren Führungskräfte sind. Ohne sich dessen deutlich bewußt zu sein, erwarten sie von ihnen ein Stück Väterlichkeit und sind auch bereit, sie als Leitbild zu verinnerlichen, wenn sie ihre Funktion menschlich überzeugend ausfüllen.

Das alles trägt dazu bei, die alten gelernten Muster abzulegen und zu einem neuen Verhalten zu kommen: zu mehr Gelassenheit, mehr Bezogenheit und mehr fürsorglicher Präsenz. Der Muttersohn und Vaterrivale, der zu früh erwachsen sein mußte, wandelt sich zu einem gleichwertigen Partner für seine Frau und zu einem liebevollen Vater für seinen Sohn und die ihm Anvertrauten, und im Umgang mit ihnen kann er auch kindliche Einfachheit an den Tag legen. Dadurch aber wächst eine neue männliche Identität, die sich sehr anders ausnimmt als die des eingeengten modernen »Helden«, an dessen »Vorbild« sich heutige Männer ausrichten. Diese männliche Identität erwächst aus einem liebevollen und verständnisvollen Umgang mit der eigenen Geschichte und dem demütigen Annehmen der eigenen Vorfahren und des eigenen Schicksals. Nur aus einer solchen Identität wird die Angst überwunden und ein tragfähiges und liebesfähiges Selbstbewußtsein aufgebaut.

Kapitel 8

# Die Krise der mittleren Jahre

*Unüberhörbar klopft das Alter an meine Tür. Aber ich will es noch gar nicht hereinlassen. Ich möchte noch leben, und ich möchte – ja, ich möchte glücklich sein!*

Es ist ein dunkler Ton, der aus Richards Brief klingt. Hier zeigt der nach außen nach wie vor tadellos funktionierende Mann seine Innenseite. Hinter der tadellosen Fassade lauert eine tiefe Depression – in den eben zitierten Zeilen wird es besonders deutlich. Depression ist innerer Streß, sie macht darum das Leben mühselig, und sie ist ein Feind der Liebe. Zwar kann sie zunächst Nähe zur Partnerin herstellen, weil sie eine Art Hilfsappell an sie darstellt, aber auf längere Sicht trocknet Depression die Liebe aus. Denn die erotische Liebe zwischen erwachsenen Partnern besteht in einem lebendigen, ebenbürtigen Wechselspiel von Geben und Nehmen. Dieses Wechselspiel wird von der Depression durchkreuzt. Der Depressive kann nicht mehr viel geben, er kann oft auch nicht richtig nehmen, er wird für die Partnerin zum lebenden Vorwurf. Auch von daher ist es nachvollziehbar, daß Elke sich immer mehr abgrenzt und ihre eigenen Wege geht. Richard ist für sie als Partner immer weniger attraktiv, weil ihm allmählich eine lebensfrohe Ausstrahlung ganz abhanden gekommen ist.

Das ist das Schicksal vieler Männer in vergleichbarem Alter und vergleichbarer Lebenssituation. Ihre Frauen haben erfolgreich einen neuen Start geschafft, sie wenden sich nach der Familienphase einem mehr selbstbestimmten Leben zu, die Männer dagegen fühlen sich ausgelaugt und enttäuscht, sie spüren das Alter und schlittern geradewegs in eine Lebenskrise hinein. Während die Partnerin neue Vitalität entfaltet, erleben sie sich – vielleicht zum ersten Mal – als hilfsbedürftig, häufig, ohne das klar äußern zu können.

## Lebensmitte – Krisenzeit

Dieses Thema hat uns schon im Zusammenhang mit der Sexualtiät (Kapitel 5) beschäftigt, es soll jetzt noch einmal etwas grundsätzlicher aufgegriffen werden. Richard ist den Jahren nach schon deutlich über der Lebensmitte. Statistisch gesehen ist sie heute für Männer um die 38/39 anzusetzen, ein Alter, das Richard schon lange hinter sich gelassen hat. Aber er hat wohl wie die meisten zu diesem Zeitpunkt gar nicht beachtet, daß er eine wichtige Grenzlinie überschritten hat, die Grenze zur zweiten Lebenshälfte. Wie alle Übergänge von einer Lebensphase in die andere ist auch dieser eine Krisenzeit, weil es auch hier um Abschied von etwas Altem und Beginn von etwas Neuem geht. Aber anders als etwa bei der Ablösung vom Elternhaus oder beim Übergang in den Ruhestand ist dieser Übergang weniger leicht an äußeren Veränderungen festzumachen. Er vollzieht sich weniger spektakulär, darum wird er von vielen auch gar nicht bemerkt, bis sie mitten drin sind. Dann überfällt die Krise sie plötzlich, und oft wissen sie gar nicht warum.

Der Weg des Helden wurde von jeher mit dem Lauf der Sonne verglichen. In allen Sprachen unseres Kulturkreises außer der unseren ist die Sonne männlichen Geschlechts und gilt als das männliche Symbol schlechthin. Bis zur Tagesmitte steigt der Sonnen-Held unaufhaltsam empor, am Mittag erreicht er den Zenit, den höchsten, aber damit auch den Wendepunkt. Ab jetzt geht die Reise nach unten, dem Abend und der Nacht entgegen. In den Mythen wird dieser Teil des Heldenweges als Nachtmeerfahrt, als Reise in die Unterwelt oder das Reich des Todes geschildert. Odysseus' Gang in die Unterwelt und Jesu »Höllenfahrt« seien als Beispiele genannt. Um seinen Weg zu vollenden, muß der Held »in die Unterwelt«, er muß auch diese Aufgabe noch bestehen, und sie ist seine schwerste.

Wenn Männer auf die Fünfzig zugehen, kann diese Aufgabe immer weniger geleugnet werden – und sie wird als ängstigend erlebt. In einer uralten Geschichte des Alten Testaments ist diese Situation mit archetypischer Kraft dargestellt. Es ist die Geschichte vom Kampf Jakobs am Fluß Jabbok. Jakob, der Stammvater Israels, hat in seinem bisherigen Leben viele Abenteuer erfolgreich bestanden. Er hat in der Fremde die Frau, die er liebte, für sich gewonnen (und noch ein paar andere dazu), zahlreiche Söhne und Töchter wurden ihm geboren, und in seinen Viehherden hat er ein riesiges Vermögen angesammelt. Nun ist er mit der ganzen Sippe auf dem Rückweg in die Heimat und gelangt an den Jabbok. Es ist Abend geworden, und Jakob spürt plötzlich, daß er jetzt allein bleiben muß. Er schafft all sein Hab und Gut mitsamt seiner großen Familie über die Furt des Flusses und bleibt in dieser Nacht allein zurück. Da überfällt ihn ein dunkler Unbekannter, im ursprünglichen Text wohl ein dämonischer Flußgeist, ringt die ganze Nacht mit ihm und droht ihn zu überwältigen. Das gelingt aber nicht ganz, und weil der Flußgeist bis zum Morgengrauen wieder verschwinden muß, kann Jakob erreichen, daß er ihm etwas sehr Wertvolles hinterläßt, nämlich den Segen für ihn und seine Nachkommenschaft. Gleichzeitig aber verletzt ihn der Unbekannte an der Hüfte, so daß er von nun an als Hinkender durch die Welt gehen wird (1 Mose 32, 23–33 ).[35]

Das Auftauchen des Flußgeistes, in dem sich nach biblischem Verständnis Gott selbst verbirgt, symbolisiert zunächst das Auftreten einer existenziellen Krise. Jakob hatte – und insofern ist er ebenfalls ein typischer »Held« – zahlreiche Aufgaben zu lösen und Prüfungen zu bestehen. Mit List und Tücke, mit Fleiß, Mut und unendlicher Ausdauer hat er es geschafft. Es ging trotz aller Schwierigkeiten bisher immer aufwärts. Jetzt, auf dem Gipfel seiner Macht und seines Reichtums, begegnet ihm diese tödliche Bedrohung, die ihn an den Rand des Abgrunds bringt.

Psychologisch gesehen ist das ein treffendes Bild für die Krise der Lebensmitte. Bis zur Lebensmitte ist der Gipfel immer vor uns. Jetzt, ganz oben, fällt unser Blick zum ersten Mal auf die andere Seite – nach unten. Die Zeitspanne, die noch vor uns liegt, wird mit jeder Stunde unaufhaltsam kürzer als diejenige, die wir hinter uns gelassen haben. Die Endlichkeit des Daseins drängt in die konkrete Erfahrung, die wesenhafte Begrenztheit unseres Lebens tritt in unser Bewußtsein, so wie Friedrich Hölderlin es in Worte faßt:

Doch uns ist gegeben,
Auf keiner Stätte zu ruhn,
Es schwinden, es fallen
Die leidenden Menschen
Blindlings von einer
Stunde zur andern,
Wie Wasser von Klippe
Zu Klippe geworfen
Jahrlang ins Ungewisse hinab.[36]

Dies zu spüren ist für so manchen wie der Überfall des dunklen Flußgeistes. Denn die Begrenzung der Quantität läßt fragen: Wie steht es mit der Qualität dessen, was ich bisher gemacht, aufgebaut, zustandegebracht habe? Ist daraus geworden, was ich mir erhofft habe? Oder habe ich das Lebensglück bisher immer wieder per Hoffnung nach vorne, in die Zukunft verschoben? Für's Hoffen und Verschieben wird die Zeit nun allerdings knapp!

Das heißt: Die Lebensmitte veranlaßt, Bilanz zu ziehen. Was ich verwirklichen wollte und was ich verwirklichen konnte – stimmt das einigermaßen überein? Kann ich sagen: Ich habe wirklich gelebt? Richard beantwortet dieses Frage mit einem deutlichen Nein. Sein Lebensglück steht aus. Er hat Sehnsucht danach, aber er sieht keine Möglichkeit, jetzt noch die Weichen dafür zu stellen. Dieses Gefühl ist wie der dunkle Unbekannte, der ihn überfällt.

Warum trifft das Bewußtwerden der Endlichkeit viele Männer so hart, warum fällt die Bilanz oft so negativ aus? Wenn wir nach einer ganz allgemeinen Antwort suchen, können wir sagen: So wie Richard haben die meisten wahrscheinlich bisher viel zu einseitig gelebt. So wird es im Alten Testament auch von Jakob berichtet: Jahrzehntelang hat er geschafft und geschuftet, getrickst und übers Ohr genauen, gekämpft und aufgebaut, mit einem Wort: Er hat in seinem bisherigen Leben fast ausschließlich auf das Yang-Prinzip gesetzt. Sein Überlebenssymbol war – wie bei vielen Männern – der vorandrängende Pfeil. Die Welle und die Schale des Yin-Prinzips (vgl. S. 27) fehlten fast vollständig. Irgendwann aber rächen sich solche Einseitigkeiten, denn die andere, die Yin-Seite unseres Lebens, will irgendwann auch zum Zuge kommen. Spätestens in der zweiten Lebenshälfte, wenn sich unser Leben allmählich zur Ganzheit runden soll, reklamiert unsere Seele diesen Mangel. Das Fehlende dringt plötzlich als Defizit auch in unser Tagesbewußtsein. Eine Frage wie die Günthers an Richard (»Bist du glücklich?«) kann dann über einen herfallen und einen überwältigen wie der dunkle Fremde in der Geschichte von Jakob. Die extreme Einseitigkeit des bisherigen Lebensentwurfs steht mit einem Mal vor Augen. Alles, was bisher zustandegebracht wurde, erscheint wie ein Torso, ein Fragment, weit entfernt von Ganzheit und Fülle.

Aber ist unser Leben nicht wesenhaft Fragment? Bleibt nicht alles Stückwerk, was wir zustandebringen, das eine mehr, das andere weniger? Dietrich Bonhoeffer schreibt in einem seiner Briefe aus dem Gefängnis kurz vor seiner Hinrichtung durch die Nazi-Schergen:

»Unsere geistige Existenz aber bleibt ... ein Torso. Es kommt wohl nur darauf an, ob man dem Fragment unseres Lebens noch ansieht, wie das Ganze eigentlich angelegt und gedacht war und aus welchem Material es beseht. Es gibt schließlich Fragmente, die nur noch auf den Kehrichthaufen gehören (selbst eine anständige ›Hölle‹ ist noch zu gut für sie), und solche, die bedeutsam sind auf Jahrhunderte hinaus, weil ihre Vollendung nur eine göttliche Sache sein kann, also Fragmente, die Fragmente sein müssen... Wenn unser Leben auch nur ein entferntester Abglanz eines solchen Fragmentes ist, ...dann wollen wir uns auch über unser fragmentarisches Leben nicht beklagen, sondern daran sogar froh werden.«[37]

Nach Bonhoeffer bleibt menschliches Leben wesenhaft Fragment. Wir bleiben immer hinter dem zurück, was sein könnte. Aber es ist ein großer Unterschied zwischen Fragment und Fragment. Das eine ist ein Stück, das nicht fertig wurde, weil es schon verfehlt angelegt war und darum nur noch »auf den Kehrichthaufen« gehört. Das andere ist ein Stück, das zwar nicht fertig oder wieder zerstört wurde, bei dem man aber, wenn man es betrachtet, ahnt, wie das Ganze gemeint war. Solche Fragmente können uns tief berühren, wie so manches Fragment gebliebene Kunstwerk zeigt. Als ein solches Fragment möchte Bonhoeffer sein Leben und Werk zurücklassen. Wenn das gelingt, haben wir zwar auch das Gefühl des Unvollendeten, aber das stürzt uns nicht in Depression. Ein solches Fragment erfahren wir als etwas zutiefst Sinnvolles und Befriedigendes. Richard scheint allerdings auf ein Fragment der ersten Art zurückzublicken. Solche Fragmente lassen uns mit einem Gefühl der Vergeblichkeit zurück.

Um die Depression der Lebensmitte-Krise zu überwinden und hinter uns zu lassen, steht also nicht die Forderung an uns im Raum, aus unserem Leben etwas Vollkommenes, Großes, Ganzes und Rundes zu machen. Würden wir diesen

Anspruch an uns hören, wäre der »Kampf mit dem Unbekannten« bereits verloren. Denn dafür reichen weder die Zeit noch die Kraft, die uns verbleiben. Die Frage lautet vielmehr: Wie können wir aus unserem Leben ein Fragment der Bonhoefferschen Art schaffen, eines, das durchaus auch Stückwerk bleibt, an dem man aber das Ganze in seiner Sinnfülle und Schönheit ahnt und an dem zu schaffen schon in sich befriedigend ist, ob es fertig wird oder nicht? Um die Geschichte Jakobs wieder aufzugreifen: Wie können wir erreichen, daß der gefährliche dunkle Fremde uns segnet statt uns zu vernichten?

Auf einen einfachen Nenner gebracht, lautet die Anwort auch hier: Meist geht es darum, den Yin-Seiten des Lebens mehr Raum im Lebensvollzug zu verschaffen. Dazu reicht fast immer die Zeit noch – allerdings wird es jetzt höchste Zeit! Immer wieder habe ich in diesem Buch darüber gesprochen. Speziell im Blick auf die zweite Lebenshälfte bedeutet dies folgendes:

**Einen anderen Weg gehen**

Ich habe in den letzten Jahren immer wieder Männer kennengelernt, die um die Lebensmitte ihrem Weg auch äußerlich eine vollständig neue Richtung gegeben haben. Ich möchte damit nicht sagen, daß nur so die Krise überwunden werden kann. Ich möchte aber betonen, daß auch um die und nach der Lebensmitte ein derart radikaler Wechsel nicht unmöglich ist.

1. Man kann auch in diesem Alter noch einen anderen Beruf ergreifen. Ich kenne einen Unternehmer, der Maltherapeut geworden ist, einen Sozialarbeiter, der sich selbständig gemacht und eine Beraterpraxis eröffnet hat, und einen Ingenieur im Vorruhestand, der jetzt das Puppentheater seiner Partnerin technisch betreut und immer häufiger als Mitspieler einbezogen wird.

Manche lösen sich aus einer jahrzehntelangen unfruchtbaren Beziehung und beginnen auch privat nochmals ein ganz neues Leben. Ich lerne immer wieder Männer kennen, die diesen Schritt auf eine menschlich respektable Weise tun, dabei verantwortlich sind und weder ein finanzielles Fiasko noch einen menschlichen Scherbenhaufen hinterlassen. Sie kümmern sich weiter – oft besser also vorher – um ihre Kinder, leisten ihren materiellen Beitrag und finden manchmal sogar – nach jahrelangem Gerangel in der Ehe – zu einer entspannten und kooperativen Beziehung mit ihrer Exfrau.

Warum es für so unmöglich halten, auch mit Fünfzig nochmals ganz neu anzufangen? Es ist keineswegs unmöglich, und man kann es durchaus auch schaffen, ohne verbrannte Erde hinter sich zu lassen. Ich rede hier nicht einem illusionären oder romantischem Aussteigertum das Wort, aber mehr Mut zum Umsteigen würde ich vielen Männern wünschen. Viel mehr, als es tatsächlich tun, könnten sich das erlauben. Gerade Männer vom Typ Richards tun sich da sehr schwer. Sie haben die Rolle gewählt, Garant der Stabilität zu sein, sie sind von Ordnungssinn erfüllt und von der Verpflichtung, alles zusammenzuhalten und keinen zu enttäuschen. Sie sind, wie gesagt, nach wie vor die braven Söhne ihrer Familie, die sich nichts erlauben dürfen, was die Eltern belasten würde. Sie sind überzeugt: Wenn sie ihr Leben erheblich verändern würden, entstünde Chaos. Daß sich nach Auflösung des Alten und im Fluß einer neuen Entwicklung aus dem Chaos auch wieder eine neue Ordnung einspielen könnte, die viel lebensfreundlicher wäre als die alte, das zu glauben, fällt ihnen sehr schwer.

2. Was könnten erste Schritte dazu sein? Im Blick auf Richard: Man müßte ihm helfen, seine Ahnung, daß seine Begabung vielleicht auf ganz anderen Feldern liegen könnte, nicht als nutzlose Träumerei abzutun, und man müßte ihn ermutigen, diesen Träumen nachzugehen und herauszufinden, in welche Richtung sie ihn ziehen. Dann ginge es darum, mit ihm zusammen auszufantasieren, was man daraus machen könnte, und zwar nach der Grundregel des »Brain-Stormings«, zunächst alle Ideen und Einfälle zu sammeln, ohne sie zu bewerten. Was sich daraus ergeben würde, könnte zuerst völlig offen bleiben. Die Erfahrung zeigt immer wieder: Wenn man erst den Mut zu diesem Fantasieren wieder gefunden hat, dann ist erstens die Depression überwunden, zweitens tauchen dabei oft überraschende Visionen auf, die durchaus rea-

listisch sind und die darum – drittens – auch die Kräfte wecken, sie zu realisieren.

Ähnlich wie im beruflichen Bereich müßte man Richard zudem dazu ermutigen, die Frage nach seiner Beziehung zu Elke ernsthaft anzugehen. Er verbindet sie in seinem Brief mit vagen, fatalistischen Sinnlosigkeits- und Angstfantasien. Aber sind diese realistisch? Angenommen, es käme zu einer Trennung. Was wäre das Schlimmste, das dann realistischerweise passieren würde? Richard sollte sich ausführlich und lange mit dem Ausfantasieren dieser Möglichkeit beschäftigen. Entweder würde sich dann herausstellen, daß er sie gar nicht wirklich will, oder aber, wenn doch, würde es ihm helfen, vage Angstvorstellungen zu überwinden und zu einem wahrscheinlich recht undramatischen Bild der möglichen Zukunft zu kommen. Schließlich sind seine Kinder erwachsen, und Elke ist sozial und beruflich abgesichert und integriert. Man möchte Richard sagen: Hab den Mut, in den Abgrund zu schauen, dann wirst du sehen, wie viel wert dir die Beziehung trotz allem noch ist, oder du entdeckst, daß der Abgrund gar nicht so tief ist, wie ihn die Angst dir vorgegaukelt hat.

Jakob richtet in der erwähnten Geschichte die berühmten Worte an den Unbekannten: »Ich lasse dich nicht, du segnest mich denn!« – Und der Unbekannte segnet ihn! Jakob macht – nach den vielen Kämpfen seines Lebens – in dieser Krise eine Erfahrung, die R. M. Rilke in die Worte kleidet: »Wie ist das klein, womit wir ringen, was mit uns ringt, wie ist das groß!«[38] Er erfährt den lebendigen Gott, er erfährt im Ringen mit dem Dunklen neues Leben. Das ist eine Erfahrung, die Menschen immer wieder machen: Wenn sie sich dem Dunkel der Krise stellen, nicht davonlaufen und sich nicht ablenken, wird sie ihnen zum Segen, selbst wenn dabei vieles durcheinandergerät, was sie bisher für ein geordnetes Leben als nötig erachteten!

## Den Weg anders gehen

Nicht immer braucht es zur Überwindung der Krise in der Lebensmitte einen derart radikalen Wandel. Es kann sein, daß äußerlich vieles oder sogar alles so bleiben kann, wie es geworden ist. Dennoch aber steht ein Wandel an. Es geht darum, nicht etwas anderes, aber das Alte neu und anders als bisher zu machen. Was könnte das – wiederum hinsichtlich Beruf und Beziehung – bedeuten?

1. Im Blick auf den Beruf ist es jetzt an der Zeit, der Arbeit seinen individuellen Stempel aufzudrücken. Was Männer oft so auszehrt und einem untergründigen Dauerstreß aussetzt, ist die Notwendigkeit, jahrelang mehr oder weniger dasselbe zu tun und dabei stromlinienförmig zu funktionieren. Die Lebensmitte ist die Zeit, damit aufzuhören und sich die Freiheit zu nehmen, die Dinge so zu tun, wie es mir entspricht. In dem, was ich tue, nicht immer nur den Vorstellungen anderer zu entsprechen, sondern mich darin selber auszudrücken, das stiftet Sinn und gibt Befriedigung. Dadurch kann auch eine einfach Arbeit kreativ werden. Kreativität ist nichts Großes und Außergewöhnliches. Im Kern bedeutet sie lediglich: mich selber, meine Person zum Ausdruck zu bringen, anstatt die Arbeit zu »absolvieren«. Wenn das geschieht, bekommt die Tätigkeit im subjektiven Erleben Sinn, macht sie Freude, wird sie erfüllend. Das ist sicher nicht bei jeder Arbeit in gleichem Maße möglich, aber ohne Zweifel ist auch hier die Gelegenheit dazu viel häufiger gegeben als sie wahrgenommen wird.

Es hängt oft an ganz kleinen Dingen, zum Beispiel daran, daß man anfängt, das, was man bisher achtlos abgespult hat, weil es nur noch Routine war, wieder mit erhöhter innerer Aufmerksamkeit zu tun. Wenn ich bei dieser Aufmerksamkeit bleibe, kann daraus eine neue Haltung der Achtsamkeit werden, und die Achtsamkeit kann sich ja vielleicht sogar in Liebe und in Hingabe an das Tun verwandeln – und plötzlich kommt in die Erstarrung und Langeweile wieder Leben und wird aus dem gewöhnlichsten Ablauf wieder ein lebendiger Austausch. Denn dann bin ich wieder in meinem Tun, werde nicht mehr gelebt, sondern verwirkliche darin ein Stück von mir selbst.

Der Arbeit den eigenen Stempel aufzudrücken kann auch heißen, neue Prioritäten zu setzen. Immer wieder höre ich von Vorgesetzten, die mit fortschreitendem Alter »milder« werden, zugewandter, nicht mehr nur auf die gesteckten Ziele schauen, sondern auch auf die Menschen, die sie verwirklichen sollen. Sie fangen an, mit ihnen zu sprechen und sich um ihre Sorgen und Nöte zu kümmern. Das ist ein Beispiel für das hier Gemeinte. Solche Vorgesetzte verlegen den Akzent von den sachlichen Anforderungen (Yang) auf die zwischenmenschlichen Beziehungen (Yin). In aller Regel werden sie damit den Sachanforderungen nicht schlechter gerecht als vorher, weil die Leute lieber für sie und mit ihnen arbeiten.

Schließlich kann die anstehende Umorientierung in der Arbeit auch darin bestehen, innerhalb desselben Betriebes eine neue Aufgabe zu übernehmen, die andere, befriedigendere Verhaltensweisen ermöglicht als die bisherige. So kann eine Führungskraft etwa vom technischen Bereich in die innerbetriebliche Fortbildung wechseln, dort ihre Erfahrungen auf eine ganz neue Art für andere fruchtbar werden lassen und damit zum väterlichen Weitergeben (vgl. S. 125 ff.) finden, das viel mehr erfüllt als die bisherige Tätigkeit. Oder jemand, der jahrzehntelang in der Produktion »an der Front« gekämpft hat, wechselt auf eine ruhigere Stabsstelle, auf der sein Wissen eine bedeutend größere Breitenwirkung erhält, auch wenn er scheinbar mehr in den Hintergrund tritt. Viele Männer sind weit über das angemessene Alter hinaus auf das Bild des »jungen Helden« fixiert. Das verhindert oft derartige Schritte, durch die sie ihrer Lebensphase sehr viel mehr gerechtwürden. Ich lerne aber immer wieder auch Männer kennen, die sogar den Preis einer hierarchischen Rückstufung zahlen und finanzielle Einbußen in Kauf nehmen, weil ihnen die inhaltliche Befriedigung wichtiger ist. Es geht hier um die berühmte Alternative »Haben oder Sein«.[39] Um die Lebensmitte meldet sich bei vielen das Bedürfnis nach mehr »Sein« unüberhörbar, aber viele gehen darüber hinweg, weil sie meinen, am »Haben« keine Abstriche machen zu dürfen.

2. Auch in der Partnerbeziehung muß die anstehende Veränderung nicht auf einen totalen Bruch mit der Vergangenheit, nicht auf eine Trennung hinauslaufen. Auch hier kann der nötige Schritt der sein, nicht etwas ganz Neues anzufangen, sondern das Alte auf eine neue Weise zu tun. In der Lebensmitte wird mit der Begrenztheit und dem Abnehmen der Kräfte bewußt, daß Partner in einem sehr handgreiflichen Sinne aufeinander angewiesen sind. Ein erotisches Abenteuer mit einer Jungen ist zwar vielleicht ganz schön, aber was machen wir, wenn wir gebrechlich werden? Dann wird die langjähri-

ge Gefährtin, die ausgehalten hat und dageblieben ist, mit einem Mal existenziell sehr viel wichtiger. Außerdem haben wir mit unserer Partnerin eine lange Geschichte hinter uns, und es entspricht einem tiefen Bedürfnis, diese nicht plötzlich abzubrechen, sondern dabeizubleiben und zu einem guten Ende zu führen. Beides – unsere innere Kontinuität und unser gegenseitiges Angewiesensein aufeinander – ist aber mit Würde nur dann lebbar, wenn unsere Beziehung lebendig und nicht aufgrund von Verletzungen, Unachtsamkeiten und sterilen Gewohnheiten ein starres und leeres Gehäuse geworden ist. Wie schlimm ist das Bild des alten Paares, bei dem die Frau ihren gebrechlichen Mann zwar körperlich versorgt, weil sie sich dazu verpflichtet fühlt, sich aber dabei voll Abscheu und stillem Haß auf die Lippen beißt, weil es keine Liebe mehr zwischen ihnen gibt!

Was es heißen könnte, für eine neue Lebendigkeit in der Beziehung zu sorgen, dazu habe ich in den vorausgegangenen Kapiteln zahlreiche Anregungen gegeben, brauche also im einzelnen darauf nicht mehr einzugehen. Wichtig erscheint mir, daß spätestens in diesem Alter endlich auch die Männer in Beziehungsdingen aktiv und initiativ werden. Meist führt der neue Blickwinkel der zweiten Lebenshälfte dazu, daß sie die Notwendigkeit dazu spüren und auch eine neue Sehnsucht nach mehr Nähe und Intimität in ihnen wach wird. Andererseits erlebe ich auch immer wieder, wie Männer dieser Altersstufe in einer erstaunlichen Starrheit an bisherigen Rollenmustern und Aufgabenverteilungen festhalten, als entsprächen diese einem Naturgesetz. Da kann ein Ingenieur im Vorruhestand den ganzen Tag zu Hause sein und trotzdem seiner berufstätigen Frau die gesamte Hausarbeit überlassen, ohne etwas dabei zu finden. Die Chance, daß hier ein neuer Beginn in der Beziehung zwischen den beiden gelingt, sinkt dadurch natürlich gegen Null.

Es ist nötig, daß Männer ihre eingefahrenen Gewohnheiten überwinden, neues Verhalten zeigen und neue Themen ansprechen, auch wenn das bisher immer nur die Frauen taten und auch wenn sie sich dabei komisch vorkommen und peinliche Gefühle haben. Daß sie noch nicht zum »alten Eisen« gehören, könnten sie durch eine derartige Flexibilität unter Beweis stellen.

## Neue Lebensgewohnheiten

Was es außerdem noch heißen könnte, die Yin-Seite nach der Lebenswende mehr zum Zuge kommen zu lassen, das möchte ich noch mit einigen weiteren Hinweisen erläutern.

1. *Den Körper und die Gesundheit pflegen.* Worüber wir im vierten Kapitel ausführlich gesprochen haben, das wird mit wachsendem Lebensalter immer wichtiger. Immer wenn ich Menschen, die weit über Siebzig und dabei körperlich top-fit sind, mit alten Menschen vergleiche, die von allen möglichen Leiden geplagt sind, wird mir die Verantwortung deutlich, die wir für unsere körperliche Fitneß tragen. Gerade in den letzten Jahren sind darüber so viele Erkenntnisse gewonnen worden, daß jedem in Literatur und Kursangeboten die besten Möglichkeiten zur Verfügung stehen, auf diesem Sektor etwas Wirksames zu tun.[40] Das Problem liegt nicht bei den Hilfsmitteln, sondern darin, den Schritt aus dem gewohnten Trott heraus zu tun, den Mut zu etwas Neuem aufzubringen und Energie zu mobilisieren, um zunächst Ungewohntes in den täglichen Lebenslauf einzubauen. Ist man zu träge dazu, ist die Gefahr groß, daß ein gesundheitlicher Zusammenbruch neues Verhalten erzwingt. Man könnte es auch weniger kostspielig haben.

Für die eigene körperliche Fitneß zu sorgen, mobilisiert generell Energie und ist nicht zuletzt ein wirksames Mittel gegen Depression und Melancholie, wirksamer oft und viel gesünder als Psychopharmaka, die in einem erschreckenden Ausmaß gerade von älterwerdenden Menschen konsumiert werden. Freude als Grundstimmung und körperliche Aktivität haben sehr viel miteinander zu tun – freilich nur dann, wenn wir uns dabei nicht zu übertriebenen Leistungen zwingen. Natürlich hat – das möchte ich nur am Rande vermerken – körperliche Fitneß auch einen positiven Einfluß auf die Erhaltung der sexuellen Potenz und Erlebnisfähigkeit.

In den Zusammenhang körperlicher Fitneß gehört weiter der Umgang mit Nikotin und Alkohol. Bei vielen äußerst rationalen und willensbetonten Männern ist dieser Umgang völlig irrational. Sie zerstören damit ihre Gesundheit systematisch. Gewohnheitsmäßiges Rauchen und Trinken ist –

auch wenn es nicht im Übermaß erfolgt – oft ein Ersatz für andere nicht befriedigte Bedürfnisse. Mit ihnen versuchen viele Männer, das eigene Lebenskonzept zu korrigieren. Entweder suchen sie darin Ruhe und Entspannung, oder aber – vor allem im Alkohol – Faszination, Freude und Leichtigkeit, zu denen sie sonst keinen Zugang finden. Wenn jemand seinen Suchtmittelgebrauch reduzieren oder ganz auf Null fahren will, ist es nötig, sich außer um konsequente Enthaltsamkeit auch immer um die Erkenntnis zu bemühen, wofür die Suchtmittel im individuellen Lebensvollzug Ersatz sein sollten, und danach zu suchen, wie die entsprechenden Bedürfnisse auf eine diesen wirklich angemessene Weise befriedigt werden können. Sich auf die Suche zu machen, welches Bedürfnis mein Rauchen oder Trinken eigentlich meint, das allein hätte bei vielen Männern wahrscheinlich eine tiefgreifende Veränderung der ganzen Lebensführung zur Folge.

2. *Sich der eigenen Seele öffnen.* C. G. Jung charakterisiert den Weg von der ersten zur zweiten Lebenshälfte als den Weg von der Extraversion zur Introversion.[41] Auch darin besteht eine neue Akzentuierung des Yin-Prinzips. Viele Männer haben jahrzehntelang wie Richard nach außen gewendet gelebt, ständig mit Fakten, Zahlen und Statistiken beschäftigt, immer auf Tun, Machen und Kämpfen ausgerichtet. Die Krise der Lebensmitte hat bei ihnen auch damit zu tun, daß sie dieser Außenorientierung – zu ihrer eigenen Überraschung und gegen ihre Absicht – mit einem Mal überdrüssig werden. Sie bekommen das beklemmende Gefühl, immer nur an der Oberfläche des Lebens gekratzt zu haben. Manche versuchen, davor davonzulaufen und die Leere mit noch mehr Aktivität zu füllen, andere decken sie mit vermehrtem Konsum von Suchtmitteln zu. Wieder andere kippen von dem einen Extrem ins andere. Aus der Leere ihrer überrationalen Welt stürzen sie sich per Kopfsprung in die faszinierende Welt des Irrationalen, schließen sich sektenhaften Vereinigungen an und widmen sich mit Begeisterung irgendwelchen magischen Praktiken einer fragwürdigen Esoterik. Ein eigenartiger Zwiespalt entsteht: Im Geschäft unter der Woche bleiben sie die knallharten Macher, am Wochenende werden sie zu ergebenen Jüngern eines zweifelhaften Guru.

In diesem unvermittelten und unkritischen »Kippen« zeigt sich allerdings eine große Sehnsucht nach mehr Tiefe. »Sich seiner eigenen Seele öffnen« meint genau das, aber auf eine viel weniger spektakuläre Weise. Neben der nach wie vor auch nötigen Extraversion die Introversion, die Wendung nach innen zu betonen, kann beispielsweise heißen: Ich beginne, ein persönliches Tagebuch zu führen. Einmal am Tag nehme ich mir Zeit aufzuschreiben, was mich innerlich beschäftigt, was mir an Ideen kommt und welche interessanten Beobachtungen ich gemacht habe, welche Sehnsüchte in mir hochsteigen, was für Träume ich habe und hatte und welche Erinnerungen mich immer wieder beschäftigen. Mehr braucht es gar nicht. Damit fange ich an, meinem Innenleben mehr Beachtung zu schenken. Ich fange an, darauf mehr zu hören und dafür mehr Raum zu geben. Das macht mein Leben runder und bringt jene Saiten zum Klingen, die bis jetzt nicht angetönt wurden. Vielleicht fügt sich das Ganze irgendwann sogar zu einem roten Faden, der mir wichtige Zusammenhänge erschließt, vielleicht wird daraus eine Art Autobiografie, meine ganz persönliche Auseinandersetzung mit meiner Lebenszeit. Auf jeden Fall würde mich dieses »zweite Leben«, das Leben nicht nur mit Dingen und Aufgaben, sondern »mit mir selbst«, mehr zur inneren »Gestalt« meines Lebens führen. Ich werde vielleicht jenes Fragment, das mein Leben darstellt, in seinen Grundlinien und in seiner Grundidee besser verstehen lernen. Die großen Denker, Dichter und darstellenden Künstler der Menschheit haben nichts anderes gemacht, als aus dem Reichtum ihres Inneren zu schöpfen. Wende ich mich dem eigenen Inneren zu, schließe ich mich an diesen breiten und tiefen Strom des Geistes an und erschließe mir damit eine Welt voller Tiefe und Sinn.

3. *Die Dinge verkosten und spüren.* Introversion heißt noch etwas Weiteres. Ignatius von Loyola, der Gründer des Jesuitenordens, hat es in seinen »Geistlichen Übungen« so ausgedrückt:

»Nicht das Vielwissen sättigt und befriedigt die Seele, sondern das Verkosten und Spüren der Dinge von innen her.«[42]

Der Extravertierte ist in der Gefahr, über die Dinge hinwegzuleben. Das Leben wird abgehakt und nicht mehr erlebt. Die in unserer Gesellschaft überall zu beobachtende Erhöhung der Geschwindigkeit fördert diese Tendenz auf eine fatale Weise. Unter Industrieberatern in Österreich wurde vor einiger Zeit der »Verein zur Förderung der Langsamkeit« gegründet, der als Ziel das Bemühen um »Entschleunigung« hat. In Deutschland haben die Meditationszentren großen Zulauf. Das sind hoffnungsvolle Zeichen. Sie zeigen, daß der Gegentrend in die Richtung geht, wieder mehr zu lernen, »im Hier und Jetzt« zu leben. Es geht um etwas im Grunde sehr Einfaches: bei dem zu verweilen, was gerade ist. Das zu tun, was man gerade tut, nicht mehr, nicht weniger. Wenn man das tut, beginnt man die Dinge wieder mehr von innen her zu erfahren. Man schmeckt den Geschmack des Brotes wieder auf der Zunge, man fühlt die leise Berührung des Windes auf der Haut, die großen Augen eines kleinen Mädchens werden zu einem wahren Wunder, und der helle Himmel am klaren Abend vermittelt die Botschaft tiefen Friedens… »Die Welt ist tiefer als der Tag gedacht« hat Friedrich Nietzsche gedichtet. Demjenigen, der anfängt, die Dinge zu spüren und zu verkosten, wird dieser Satz zur lebendigen Erfahrung. Wer echten Kontakt zu den gewöhnlichen Dingen des Leben bekommt oder wieder bekommt, der ist nicht von Sinnlosigkeit bedroht. Die Wirklichkeit erschließt sich ihm in einer ungeahnten Tiefe.

4. *Eigene Träume verwirklichen.* Viele Männer haben im Laufe der »Hauptkampfphase« ihres Lebens in Familie und Beruf manches aufgegeben, was ihnen wertvoll war und worin sie einen wichtigen Teil ihres Wesens ausdrücken konnten. Der eine hat früher einmal Klavier gespielt, der andere Theater, der dritte ging regelmäßig zum Tennis, der vierte hat Briefmarken gesammelt. Das war jeweils ein wichtiger Faden, der dem Lebensgewebe Farbe verlieh. Diese Fäden haben viele in der Zeit des Aufbaus losgelassen und nicht mehr wieder aufgenommen. Jetzt spüren sie, wenn sie sich erinnern, deutlich, daß sie damit etwas Wichtiges, ein Stück Individualität verloren haben. Die Lebensmitte macht solche Verluste schmerzhaft bewußt, weil sie uns daran erinnert, daß wir nicht mehr unbegrenzt Zeit zur Verfügung haben.

Manchmal handelt es sich aber nicht einmal um reale Betätigungen, sondern »lediglich« um Träume, die wir nie verwirklicht haben, weil entweder das Geld gefehlt hat oder die familiären Regeln es nicht zuließen. Beipielsweise hat einer davon geträumt, Bücher zu schreiben, ein anderer, ein großer Sänger zu werden. Wenn diese Träume nicht in das Milieu der Herkunftsfamilie paßten, neigt man dann auch als Erwachsener dazu, den Spott, mit dem sie damals quittiert wurden, über sich selbst auszugießen und sich deswegen selbst auszulachen, sie beiseite zu legen und sich »realistisch« dem Alltag mit seinen Aufgaben zuzuwenden. Vielleicht bezichtigen wir uns deshalb sogar krankhafter Größenphantasien. Aber warum diese Negativwertung? Kann es nicht genausogut sein, daß solche Träume von einem vergrabenen Talent künden und Zeichen ungelebten Lebens sind, das immer noch in die Wirklichkeit drängt? Warum also nicht jetzt noch das Schreiben anfangen? Warum nicht jetzt noch Gesangsstunden nehmen?

Daß viele Männer so etwas nicht mehr tun, wenn sie die Vierzig überschritten haben, hängt unter anderem wieder mit ihrem überzogenen Leistungsdenken zusammen. Sie fürchten, irgendwelchen Normen nicht gerechtzuwerden und sich lächerlich zu machen, darum fangen sie gar nicht erst an. Natürlich wird man nicht mehr zu einem Günter Grass und zu keinem zweiten Pavarotti. Aber wo steht geschrieben, daß es nur dann etwas wert wäre? Entscheidend ist das Gefühl, daß bei diesem Tun eine ungelebte Seite zum Ausdruck kommt. Das hilft die Krise der Lebensmitte zu überwinden, die ja oft eine Krise des ungelebten Lebens ist.

5. *Pflege von persönlichen Beziehungen.* So wie Richard stehen sehr viele Männer mutterseelenallein auf der Welt, wenn man von ihren engsten Anverwandten absieht. Sie gehen zwar den ganzen Tag mit Arbeitskollegen um, vermeiden aber ganz bewußt nähere Kontakte mit ihnen, und ansonsten haben sie niemanden, und es fehlt ihnen die Zeit und die Energie, etwas für eigene Kontakte zu tun. In der Zeit jenseits der Vierzig beginnen sie diesen Mangel plötzlich deutlicher zu spüren. Denn während in der ersten Lebenshälfte vor allem der Aufbau und das Vorankommen wichtig waren, tritt jetzt das Bedürfnis, irgendwo eingebettet und verwurzelt zu sein,

immer deutlicher in den Vordergrund. Wir wollen nicht mehr immer nur vorankommen, wir wollen einfach irgendwo zu Hause sein. Damit wir dieses Gefühl haben können, brauchen wir Bindungen zu Freunden, ein Netz, das uns trägt, weil wir ein Teil davon sind. Die Depression in der Lebensmitte hängt auch mit diesem Umstand zusammen. Wir sind schon mehrmals auf diesen Punkt zu sprechen gekommen, darum will ich es hier lediglich mit dem Hinweis bewenden lassen.

6. *Vom bloß Vergnüglichen zum Wertvollen.* Viele Männer sagen: »Wenn ich von der Arbeit nach Hause komme, bin ich zu nichts anderem mehr fähig, als mir ein Glas Bier reinzuziehen und vor der Glotze zu versacken.« Dieses passive Konsumverhalten wird dann als Entspannung ausgegeben, und es wird als nötig hingestellt, um Entspannung zu finden. Diese Art von »Entspannung« nimmt im Leben vieler Männer einen erschreckend großen Raum ein, so daß ich der häufig gehörten Aussage nicht so ganz traue, daß außer für die Arbeit für nichts anderes Zeit sei. Das Leben wird in zwei Teile geteilt: Der eine Teil besteht aus Aktivität, Anspannung und äußerster Anstrengung, der andere aus Passivität, Konsum und Sich-Gehen-Lassen. Das Hin- und Herkippen von einer Welt in die andere bringt keine Entspannung und ist auf die Dauer ein äußerst destruktives Lebenskonzept. Denn Passivität, Konsum und Sich-gehen-Lassen sind zwar ein Antiprogramm, aber keine Alternative zur Anstrengung. Nicht nur dauernde Anspannung entleert, sondern auch eine passive Konsumhaltung.

Ein wirkliches Gegengewicht gegen eine entleerende Anstrengung kann nur eine neue, andere Art von Aktivität sein, nämlich die Beschäftigung mit wertvollen Dingen, die uns innerlich bereichern. So ist es sicher viel besser, nach einem anstrengenden Arbeitstag mit Freunden oder der Partnerin ein tiefgehendes persönliches Gespräch zu führen, in einem Chor mitzusingen, in einer Theatergruppe mitzuspielen oder auch ein anregendes Buch zu lesen. Die Lebensmitte macht uns bewußt, daß uns Zeit nicht endlos zur Verfügung steht. Sie wird knapper. Es ist darum eine Forderung der Psychohygiene, uns mit Dingen zu beschäftigen, die nicht nur ablenken, sondern uns innerlich reicher machen. Das ist regenerierend auch dann, wenn sie uns, um sie uns anzueignen, einige Anstrengung kosten.[43] Denn das, was wir an Energie hineinstecken, kommt vielfach wieder zu uns zurück. Immer wichtiger wird also die Frage: Was bereichert mich wirklich? Was macht mich wirklich innerlich zurfrieden? Die Disziplin aufzubringen, sich danach zu richten und sich andere »Genüsse« zu versagen, ist nicht die Neuauflage eines Anstrengungsmusters, sondern eine Wohltat für Seele und Leib.

Im Kampf am Jabbok ringt Jakob um den Segen des dunklen Unbekannten und erhält ihn schließlich auch. Jakob verwandelt so die Krise in den Beginn eines neuen Lebensabschnittes. »Die Sonne strahlte auf, als er durch Pnuel zog«, heißt es im Text, »Jakob hinkte an seiner Hüfte« (1 Mose 32, 32). Er ist gezeichnet vom Kampf, aber er ist gesegnet. Das strahlende Licht der Sonne, das sich über ihn breitet, bringt dies schön zum Ausdruck. In der biblischen Geschichte schickt er sich nun an, seinem Bruder Esau entgegenzugehen, dem er in jungen Jahren übel mitgespielt hat. Nun ist er bereit und fähig, sich mit ihm und mit seiner ganzen Vergangenheit zu versöhnen. So kann die Wende der Lebensmitte auch die Wende hin zu einer großen Bereicherung werden. Am gesegneten Jakob, der hinkt und trotzdem tapfer der Sonne entgegengeht, wird noch einmal deutlich: Auch wenn wir aus unserem Leben nichts Vollkommenes mehr machen können, auch wenn es ein Fragment ist und bleibt, weil die Verletzungen der Vergangenheit bleibende Spuren an uns hinterlassen haben, der Wert und die Qualität dieses Lebens kann gerade jetzt noch in entscheidender Weise verbessert werden.

### Sich den Tod zum Freund machen

Im hinkenden Jakob, der sich mit seiner Geschichte ausgesöhnt hat, tritt uns der Held entgegen, der weise geworden ist. Damit begegnet uns nach dem Kind, dem Helden und dem Vater eine vierte zentrale Verwirklichungsweise des Männlichen: der Archetypus des Weisen. Die eigene Endlichkeit und Begrenztheit anzunehmen, als Hinkender der Sonne entgegenzugehen, das heißt ja in der letzten Konsequenz: sich den Tod zum Freund machen. Darin besteht das Wesen des Weisen, daß er sich mit dem Tod aussöhnt, indem er sich nicht mehr mit Unwesentlichem herumschlägt und um Unwichtiges kämpft, sondern gelassen die Dinge tut, deren Wert auch im Angesicht des Todes Bestand hat.

Bei den Brüdern Grimm ist das Märchen »Der Gevatter Tod« überliefert.[44] Es erzählt von einem Mann, dem man bei der Taufe den Tod zum Paten gegeben hat. Der Tod macht ihn zu einem berühmten Arzt, weil er ihm bei jedem Kranken anzeigt, ob dieser gerettet werden kann oder sterben muß. Solange der Arzt sich danach richtet, geht es ihm gut, lebt er im Einklang und ist hochgeschätzt. Die Möglichkeit König zu werden jedoch verführt ihn dazu, sich nicht mehr nach den Hinweisen des Todes zu richten, sondern den Versuch zu machen, ihn auszutricksen. Das wird ihm zum Verderben. Der erboste Tod löscht sein Lebenslicht.

In dem Arzt des Märchens ist für mein Verständnis der Mann dargestellt, der versucht, was viele Männer, die sich in ihrem Leben auf das Yang-Prinzip eingeengt haben, auch versuchen, vor allem, wenn sie älter und ihre Grenzen spürbarer werden: Sie wollen das Unmögliche möglich machen. Sie wollen weitermachen wie bisher, als hätten sie alles unter Kontrolle. Sie lehnen sich damit auf gegen das menschliche Maß, und dabei müssen sie scheitern, denn der Tod ist in jedem Fall stärker als sie. Das Märchen lehrt uns, auf den Tod zu schauen. Welches Zeichen gibt er uns? In seinem Angesicht sehen wir, was geht und was nicht mehr geht, was noch zu tun und was zu lassen, was wertvoll und was wertlos ist. Mit der Endlichkeit bringt die zweite Lebenshälfte, wenn wir nicht zwanghaft wegschauen, unweigerlich den Tod in den Blick, und er kann in diesem Sinne ein Lehrmeister der Weisheit, ein Lehrmeister des Lebens werden.

# Epilog

Ich habe am Anfang dieses Buches von den modernen Helden gesprochen, die mit sehr viel Engagement und Einsatz, aber auf eine sehr eingeengte Weise versuchen, ihre Männlichkeit zu verwirklichen, und wir haben in Richard einen von ihnen näher kennengelernt und an ihm gesehen, wie dieser Weg unweigerlich in eine umfassende existenzielle Krise hineinführt. In der Analyse dieser Krise wurde deutlich, daß in einem derartigen Lebensentwurf von den beiden Lebensprinzipien Yin und Yang nur das eine, das Yang-Prinzip wirklich zum Zuge kommt. Wir haben außerdem entdeckt, daß zur männlichen Existenz nicht nur der junge »Held« gehört, an dem sich der Mann als Leitbild ausrichtet, sondern daß es auch darum geht, »das Kind«, den »Vater« und schließlich den »Weisen« im Leben zu entdecken, zu entwickeln und sie zu integrieren.

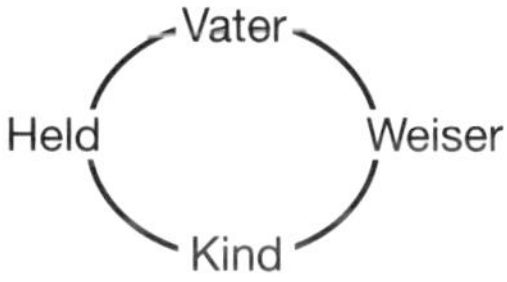


Wichtige Archetypen des Männlichen

Das Ganzheitssymbol des Kreises soll nicht widerrufen, daß dieser umfassende Entwurf männlicher Existenz immer nur annäherungsweise und fragmentarisch verwirklicht werden kann. Der Weg ist das Ziel, das gilt auch in diesem Zusammenhang. Ich bin mir bewußt, daß die gesellschaftlichen Bedingungen heute nicht gerade dazu angetan sind, die Entwicklung der Männlichkeit in dieser Richtung zu fördern und voranzubringen. Die Arbeitswelt fordert immer wieder und – manchmal hat man den Eindruck – immer ausschließlicher den jungen Helden. Dennoch bin ich davon überzeugt, daß die Aufgaben, die sich heute im öffentlichen wie im privaten, im geschäftlichen wie im Beziehungsleben stellen, gerade solche Männer brauchen, die sich auf dem Weg zu einem umfassenderen Mannsein befinden.

# ANMERKUNGEN

1 U. Beck, E. Beck-Gernsheim: Das ganz normale Chaos der Liebe. Suhrkamp-Taschenbuch 1725. Frankfurt a. M., 1. Aufl. 1990.
2 L. Müller: Der Held. Jeder ist dazu geboren. Reihe Zauber der Mythen. Kreuz Verlag, Zürich 1987.
3 Müller, Op. zit. Seite 16.
4 Ebda.
5 Müller, Op. zit. Seite 67–75.
6 Beck-Gernsheim, Op. zit.
7 N. Mandela: Der lange Weg zur Freiheit. Eine Autobiographie. Verlag S. Fischer, Frankfurt a. M. 1994.
8 R. M. Rilke: Gedicht »Todes-Erfahrung«. In: Sämtliche Werke, Insel-Verlag, Frankfurt a. M. 1955, Bd. 1, 518f.
9 Das Konzept der »Antreiber« stammt aus der Transaktionsanalyse. Vgl. dazu I. Stewart / V. Joines: Die Transaktionsanalyse. Eine neue Einführung. Herder, Freiburg 1990, Seite 228–241.
10 Zit. in der Wochenzeitung »Die Zeit«, Ausgabe vom 6. 10. 1989.
11 C. Buddeberg / B. Bass / R. Gnirss-Bormet: Die lustlose Frau – der impotente Mann. Die sexuelle Beziehungsdynamik in ehelichen Zweierbeziehungen. In: Ztschr. Familiendynamik, Jg. 19 (1994); Seite 266–279.
12 B. Schmid, Wo ist der Wind, wenn er nicht weht. Professionalität und Transaktionsanalyse aus systemischer Sicht. Junfermann-Verlag, Paderborn 1994, Seite 55–87.
13 Vgl. dazu die Theorie vom Kind-Ich-Zustand in der Transaktionsanalyse, z. B. Stewart u. Joines, Op. cit., Seite 33ff.
14 H. Jellouschek: Wie Männer Beziehungen gestalten. ORF-Studiohefte, 21. Ausgabe, Mai 1994, Landesstudio Vorarlberg, Seite 40–51.
15 H. Jellouschek: Vom Fischer und seiner Frau. Wie man besser mit den Wünschen seiner Frau umgeht. Reihe Weisheit im Märchen, Kreuz Verlag, Zürich 1996.
16 E. Kästner: Gedicht »Ein Mann gibt Auskunft«. In: Wer nicht hören will, muß lesen. Eine Auswahl. Fischer Taschenbuch 1211, Hamburg 1982, Seite 49f., © Copyright by Erich Kästner Erben, München.
17 Auf die Unterscheidung »positional-relational« wurde ich durch Frau R. Welter-Enderlin (Ausbildungs-Institut Meilen, Schweiz) aufmerksam gemacht. Vgl. dazu auch D. Tannen: Du kannst mich einfach nicht verstehen. Warum Männer und Frauen aneinander vorbeireden, Goldmann Taschenbuch 12349, München 1993, und: Das hab ich nicht gesagt! Goldmann Taschenbuch 12407.
18 Vgl. u. a.: Falk, Dean, »Brain Lateralization and Its Evolution in Hominids«, in : Yearbook of Physical Anthropology 30/1987. Irigaray, Luce, »Zur Geschlechterdifferenz«, Wien 1987. Springer, Sally P. / Deutsch, Georg, Linkes Rechtes Hirn, Heidelberg 1987. Tucker, D. M.

»Sex Differences in Hemispheric Specialization for Synthetic Visuospatial Functions«, in: Neuropsychologia 14/1976, S. 447–454.

19 B. Hellinger: »Der Mann erneuert sein Männliches, indem er unter Männer geht, und die Frau ihr Weibliches, indem sie unter Frauen geht. Beide müssen also von Zeit zu Zeit ausscheren aus ihrer Beziehung, die Männer, um Männliches aufzutanken, und die Frauen, um Weibliches aufzutanken. Dann bekommt die Beziehung wieder Spannung und Kraft, und sie kann weitergehen und sich vertiefen.« In: G. Weber, Zweierlei Glück. Die systemische Psychotherapie Bert Hellingers. Carl-Auer-Systeme, Heidelberg 1993 (2. Aufl.), Seite 124.

20 C. Buddeberg, Op. cit.

21 N. Bischof, Das Rätsel Ödipus. Die biologischen Wurzeln des Urkonflikts von Intimität und Autonomie. Serie Piper 989, München 1991 (3. Aufl.), Seite 137–258.

22 L. Bischofsberger: Auch der Mann kommt in die Wechseljahre. In: Tagesanzeiger, Zürich, 23. 3. 1993.

23 Vgl. dazu Stewart und Joines, Op.zit. Seite 33f.

24 Auf den Zusammenhang mit Macht in Beziehungen und entsprechende Macht-Ressourcen wurde ich ebenfalls durch Frau R. Welter-Enderlin aufmerksam.

25 Hier ist die »triadische Bindungsforschung« der Familientherapeutin Elisabeth Fivaz (Lausanne) zu nennen, z. B. E. Fivaz: Documenting a Time-Bound, Circular View of Hierarchies: A Microanalysis of Parent-Infant Dyadic Interaction. In: Zeitschr. Family Process 30 (1991), Seite 101–120.

26 T. Moser, Ödipus in Panik und Triumph. Eine Körperpsychotherapie. Suhrkamp Verlag, Frankfurt a. M. 1994, Seite 87–93.

27 G. Weber, Op. zit. Seite 22–26.

28 R. Welter-Enderlin: Systemische Paartherapie: Verstehen und Handeln in der Begegnung, In: Ztschr. System Familie (1995), Seite 16–30.

29 Über den »Muttersohn« in der Ausprägung des »Helden« habe ich ausführlich geschrieben in: H. Jellouschek, Warum hast du mir das angetan? Untreue als Chance. Piper Verlag München 1995, Seite 87–121.

30 N. Bischof, Op. zit. zum Beispiel Seite 93–96.

31 Stewart und Joines, Op. zit. Seite 33ff.

32 Zum Archetypus des Kindes in der Jung'schen Psychologie: Th. Seifert, Lebensperspektiven der Psychologie. Wege-Schnittpunkte-Gegensätze. Beiträge zur Jungschen Psychologie. Walter Verlag Olten 1981, Seite 264–284. Zum Begriff des »Freien Kindes«: Stewart und Joines, Op. zit. Seite 42–46.

33 Die Seminare sind ausgeschrieben im Jahresprogramm des Instituts »Professio«, Leitung Rolf Balling, Stuttgarter Str. 17, D-71263 Weil der Stadt, Tel. 07033/6454.

34 Die hier beschriebene Methode des »Familien-Aufstellens« wurde von

B. Hellinger entwickelt. Vgl. dazu G. Weber, Op. zit., und B. Hellinger, Ordnungen der Liebe. Ein Kursbuch, Carl Auer System Heidelberg 1994.

35 M. Kassel, Biblische Urbilder. Tiefenpsychologische Auslegung nach C. G. Jung. Pfeiffer Verlag München 1980. Darin: Jakobs Kampf mit dem Schatten, Seite 258–289.

36 F. Hölderlin, aus dem Gedicht: Hyperions Schicksalslied. Zit. nach H. Brode (Hg.): Deutsche Lyrik. Eine Anthologie. Suhrkamp Taschenbuch 1607, Frankfurt a. M. 1990, S. 137f.

37 D. Bonhoeffer, Widerstand und Ergebung, Briefe und Aufzeichnungen aus der Haft. Hg. von E. Bethge. Chr. Kaiser Verlag, Kaiser Taschenbuch 100, München 1990, S.120f., Chr. Kaiser/Gütersloher Verlagshaus, Gütersloh.

38 R. M. Rilke, Gedicht »Der Schauende«, in: Sämtliche Werke, Insel Verlag, Frankfurt a. M. 1955, Bd. 1, Seite 459f.

39 E. Fromm: Haben oder Sein. Die seelischen Grundlagen einer neuen Gesellschaft. Deutsche Verlagsanstalt Stuttgart 1979.

40 Um nur ein Beispiel zu nennen: H. O. Dustmann / I. Ivanic / M. Kunz: Aktiv gegen den Rückenschmerz. Informationen und Ratschläge. Mit praktischen Übungen. Serie Gesundheit Piper/VCH 1754.

41 C. G. Jung: Die Lebenswende. In: Das C. G. Jung-Lesebuch. Ausgewählt von Franz Alt. Walter Verlag, Olten 1983, Seite 144-164.

42 Ignatius von Loyola, Geistliche Übungen, Annotationes. Übers. und kommentiert von Adolf Haas S. J., Herder Verlag, Freiburg 1966.

43 Mihaly Cziksentmihalyi: Flow. Das Geheimnis des Glücks, Klett-Cotta Stuttgart 1992.

44 Der Gevatter Tod, in: Brüder Grimm: Kinder- und Hausmärchen. Mit zeitgenössischen Illustrationen. Winkler Dünndruck-Ausgabe. Winkler Verlag München o. J.

3 4 5 00 99 98


Postfach 80 06 69, 70506 Stuttgart, Tel. 07 11 / 78 80 30
Umschlaggestaltung: Jürgen Reichert, Stuttgart
Produktion: WDS Wunsch Druckservice, Stuttgart
ISBN 3 7831 1460 8